料理屋おやぶん

～ほろほろしょうゆの焼きむすび～

千川冬 senkawa tou

アルファポリス文庫

https://www.

目次

序

ふいに、甘い匂いがした。

おとっつあんの作るおからの匂いに違いない。しっとりとして、混ぜてある大根の葉がしゃきしゃきと音を立てる。考えるだけで口の中に唾《つば》が溜《た》まる。

いけない、そろそろ店を開ける時間だ。

お鈴《すず》は床几《しょうぎ》から立ち上がろうとしたが、足が動かない。泥にめりこんでいるようだ。

おとっつあん、助けて。そう叫ぼうと厨房に顔を向けたとたん、景色が歪《ゆが》んだ。

「――おとっつあんには深いわけがあったんだ。必ず帰ってくるよ」

頬を撫《な》でるおっかさんの指は枯れ木のように細く、皺《しわ》ばんでいる。顔はやつれ、紙きれのように白い。

薬湯を飲ませてやりたいが、そんな銭はない。せめて白湯でもと思ったが、腕が動かない。大好きなおっかさんを助けたいのに、どうにもできない。

気づけばおっかさんが少しずつ遠ざかっていく。

――待って。行かないで。

――あたしを置いていかないで。

手も足も重く動かず、周りが黒に染められていった。夜の闇よりももっと暗い、光一つない黒。

しだいに瞼《まぶた》が重くなる中で、何かが聞こえた。

誰かの呼ぶ声。低くて、ざらついて、でもどこか安心する声だ。

手に感触があった。丸くて、もちもちしている。

ふと、おっかさんの握り飯を思い出した。

店を閉めた後、お櫃《ひつ》に残った飯でおっかさんは握り飯をこしらえてくれた。塩をぱらりと振っただけの、ただの握り飯。でも三人で肩を寄せて食べる時間は、一日の中で一番幸せだった。

――おっかさん。

小さくつぶやきながら、掴んだものを口に運ぶ。

柔らかな「それ」をそっと口に入れ、ゆっくりゆっくりと噛《か》む。

噛むごとに広がり、とたんに口いっぱいになる――

とにかく甘ったるく、じょりじょりし、よく分からない苦み。

形容しがたい不味《まず》さ。

頭をがつんとやられたような衝撃を受け、お鈴は現実に引き戻された。

「おい、でえじょうぶか」

目をぱっちり開けると、いかつい男がしゃがんでいた。手には茶色いものを持っている。男は心配そうにお鈴に顔を寄せてきた。

「ま……」

「ま？」

「まずい」

叫ぶようにそれだけ伝えて、お鈴は再び意識を闇の中に落とした。

第一話　ほろほろ焼きむすび

一

「まあ、親分もそんくらいにしてやんなさいよ」

「ばかやろう、こっちは人助けしてやったんだぞ。飯も食わせてやって、それを『まずい』と言われて怒らねえ奴がどこにいる」

「まずいもんをまずいって言っただけじゃないのさ。嘘をつく奴はでえ嫌いだってよく言うじゃない」

「それとこれとは別もんだ」

　親分と呼ばれる男と、たしなめる若い男。二人の前で縮こまりながら、お鈴は「本当にすみません」と謝り続けていた。

　意識が朦朧《もうろう》としていたお鈴を助けてくれたのは、親分と呼ばれた男らしい。というのは、その経緯を若い男が説明してくれたからだ。

店を閉めようと外に出たところ、ふらふら歩くお鈴を見つけた。店に連れ帰って寝かし、疲れと察するや握り飯をこしらえて食べさせてくれた。ところが、お鈴は「まずい」と吐き捨て、再び倒れ込んだ。それを怒りに打ち震えながらも介抱してくれていたというから、感謝してもしきれない。

「――娘さんもさ、悪気があって言ったわけじゃなし」

先ほどからお鈴をかばってくれている男は二十代半ばくらい。鳩羽鼠色《はとばねずみいろ》の着物に根付をたらし、整った顔には紅をさしていて、まるで女形《おんながた》のようだ。

親分と呼ばれた男が「ふん」と鼻を鳴らす。

ずんぐりと大柄な体に、平たい顔。いかつく目と目の間は少し広がっていて、どことなくひきがえるを思い出させる。年は五十くらいだろうか。髷《まげ》は小さくちょこんと結われていたが、全身から貫禄が溢れていた。

再び謝ろうとしたお鈴を、若い男が止めた。

「あんたは気にしなくていいのよ。あたしは弥七《やしち》。よろしくね」

「あ、ありがとうございます」

「あんた、名は何ていうんだい」

「鈴です」

「ふうん、いくつさ」

「十六です。あ、あの。助けてくださり、本当にありがとうございました」

深々と頭を下げるお鈴を見て、ひきがえる男は再び鼻を鳴らした。

「お鈴ちゃんを助けたこの怖い親父さんはね、銀次郎《ぎんじろう》って言うのさ。そしてここは料理屋『みと屋』」

弥七は両手を広げて、芝居がかった動きで体ごとぐるりと一回りした。

「昨年の暮れに開いたばっかりでねえ。店は綺麗だし、お足も安い。神田明神《かんだみょうじん》から歩いて少し、水道橋《すいどうばし》を渡ってすぐ。とりたてて不便なとこでなし」

お鈴はあらためて店の中を見回した。

壁の板がぴかぴかに白く、確かに店の設《しつら》えは新しい。小上がりに、床几《しょうぎ》が二つ。紺の暖簾《のれん》が入り口に立てかけられている。奥には厨房があり、調理台と竈《かまど》が見えた。

——おとっつあんの店とよく似ている。

鼻の奥がつんとした。

「だけど、客足はさっぱり。なんでか分かるかい」

弥七が楽しげに顔を寄せる。ぷんと白粉《おしろい》の匂いが鼻先をかすめ、その拍子に先ほどの握り飯の味が口の中に甦《よみがえ》った。

「あ、飯のせいだと思ったでしょ」

「あ、いえ、その」

銀次郎が「なんだと」とどすの利いた声を上げ、お鈴は「ひっ」とあとずさりした。

弥七はからりと笑う。

「たしかに親分の料理の腕はからっきしだけどね、そうじゃあないのよ」

「おい、弥七、やめねえか」

「この銀次郎の親分はね」

にやにやしながら弥七が言葉を継ぐ。

「やくざの親玉なのさ。それも札付きのね。そんな店、誰も来たくないわよねえ」

何と答えていいやら分からず、お鈴は目を白黒させた。

＊

がらりと看板障子《かんばんしょうじ》が引きあけられ、店に風が舞う。

一同が目を向けると、商人と思《おぼ》しき男が立っていた。肩で息をして、ずいぶんと慌《あわ》てた様子だ。

「おう、客かい」

銀次郎がどすの利いた声を出す。本人はこれでも歓迎しているつもりなのだろうが、脅《おど》しているようにしか聞こえない。その迫力にたじろいだ男は、おどおどと返事をした。

「あいすみません。こ、この辺で男の子どもを見かけなかったでしょうか。年は八つくらい。絣《かすり》の着物を着て、手の甲に黒子《ほくろ》があります」

「なんでえ、客じゃねえのか」銀次郎はあからさまにがっかりし、「そんな小僧は見てねえよ」とぶっきらぼうに言う。

「あたしも見てないですねえ」

男は肩を落とし「そうですか」と立ち去ろうとした。

全身から疲れが漂《ただよ》っている後ろ姿。だらりと垂れた腕。

それを見ていると、お鈴はどうにもむずむずしてきた。おとっつあんの店にもよくこんな客が訪れた。そんな時、おとっつあんは必ず声をかけて――

思わず「あの」と、呼び止めていた。

男は「なんでしょう」と弱々しく振り向く。

「あの、よかったら、少し休まれてはいかがですか。ずいぶんお疲れのようですし」

男は少し戸惑ったものの「急ぎますので」と再び去ろうとする。

そこに、弥七が加勢した。

「そうよ、あんたふらふらじゃないの。休んでいきなさいよ」

「急いでいるんです」と少しむっとした様子の男を、銀次郎が一喝した。

「休んでけってて言ってるのが分からねえのか、この野郎。人の親切はありがたく受け取るもんだろうが」

男はその場で飛び上がり、真っ青な顔で床几《しょうぎ》に座った。

「ちょっと親分、驚かせてどうするのさ」

「ふん」

弥七に叱《しか》られている銀次郎に、お鈴は声をかけた。

「あの、よかったら厨房を借りてもいいでしょうか」

「何の用だ」

訝《いぶか》しげな銀次郎に、おずおずと返事をする。

「飯を作りたいんです」

「飯だと」

鋭い眼光で射殺されそうになり、お鈴は目をそらしながら首肯《しゅこう》した。

「わけを言え」

「あの人、ずいぶんと疲れているようだったので」

「見りゃあ分かる。それで、何で飯を食わそうと思ったんだ」

言おうか言うまいかためらった末、お鈴は口を開いた。

「め、飯が道を開くんです」

怯《おび》えながら、目をつむる。

「心と身体が疲れた時には、まず飯だ。どうにもならねえと思った時こそ、飯を食う。旨《うま》いもんで腹いっぱいになれば、道も開ける」

最後は叫ぶような声で言い切った。

あたりを包んだ沈黙に耐え切れず、お鈴がおそるおそる目を開けると、銀次郎がじっと見つめている。眼の奥に真剣な色があった。

「おめえ、その言葉、誰から聞いた」

「あ、あたしのおとっつあんです。おとっつあんは料理屋をやってました」

「おめえの親父はどうした」

「おとっつあんは」と言いかけて、涙が出そうになる。それをぐっと堪《こら》えて答えた。

「おとっつあんは突然いなくなりました。おっかさんも病で死んで、あたしはおとっつあんを捜しに江戸に来たんです」

銀次郎は袂《たもと》に腕を入れ、お鈴の顔を見つめ続けた。値踏みしているようにも、睨《にら》んでいるようにも見える。

何か変なことを、まずいことを言ってしまったのだろうか。料理を作りたいなんて言わなければよかった。今すぐ謝って立ち去ろう。そんな思いが頭を駆け巡る。

「やってみろ」

「え」

「やってみろって言ってんだ、ばかやろう」

よく分からないまま銀次郎に一喝され、お鈴は慌《あわ》てて台所に向かった。


台所はお世辞にも整っているとは言いがたかった。

まな板や包丁など、置き方がなっていない。料理人の命とも言える包丁は、置く場所や置き方一つで料理への向き合い方が見える。おまけに調理台には青菜が雑然と並んでいた。まるで料理屋とは思えない台所に、お鈴は深くため息をつく。

どうしてあんなことを言ってしまったんだろう。

道具を整理しながら思う。

助けてもらったのはありがたいが、こんなよく分からない所、早く出ていくべきだ。

女形《おんながた》のような男は調子がよくて怪しいし、ひきがえるのような男はやくざの親分だという。それが本当ならば、岡場所に叩き売られてしまうかもしれない。礼を述べて早く立ち去るべきなのだ。

それは分かっているのだけれど、疲れ切った男の姿を見ると、つい口を挟まずにはいられなかった。

『心と身体が疲れた時には、まず飯だ。どうにもならねえと思った時こそ、飯を食う。旨《うま》いもんで腹いっぱいになれば、道も開ける』

父の声が耳奥で響く。

よし、とお鈴は腹の底に力を入れた。

台所の食材を集め、包丁を握る。冷たい木の感触に懐かしさを覚え、もう一度ぐっと握りなおす。知らないうちに口元には笑みがこぼれていた。


「お待たせしました」

お鈴が盆の上に丼《どんぶり》を載せて戻ってくると、男は小さくなって座り、銀次郎と弥七はぺちゃくちゃ話し続けていた。

「すみません、台所の野菜を使わせてもらいました」

頭を下げると、銀次郎は「ふん」と鼻を鳴らす。

「それは何だ」

「粥《かゆ》です」

「見栄きったわりに普通の食いもんじゃねえか」

「親分、そんなことは後でいいでしょ。ほら、これはあんたのためにお鈴ちゃんが作ったんだから、食べな」

男は目の前に置かれた丼をじっと見つめ、周りをきょろきょろと見回した後、覚悟を決めたように木杓子《きじゃくし》を手に取った。

丼にはどろりとしたものが盛られている。

それを掬《すく》い、口に運ぶ。一拍遅れて目が見開かれ、ごくりと呑み込んだ。

もう一口、二口。だんだん口に運ぶ回数が増える。その様子を三人は無言で見つめた。

「うまい」

しみじみとした声が漏れる。

お鈴は息を吐いて肩の力を抜いた。白くなるほど握りしめていた手をゆっくり開く。知らず知らずのうちに緊張して全身に力が入っていたようだ。

気づくと丼が空になっていた。

ふう、と息をついた男の眼には、落ち着いた光が戻っていた。

「本当に美味《おい》しかった。出汁《だし》が効いてるだけでなくさっぱりしていて、腹にするする入りました」

「生姜《しょうが》の汁を絞ったんです。あと、精が付くようにゆでた芋《いも》をすり潰《つぶ》して混ぜています」

「それは気づかなかった。添えてある三つ葉もしゃきしゃきしてとても旨かった」

「ありがとうございます」

「突然押し掛けたにも拘《かか》わらず、こんな美味《おい》しいものを食べさせてもらい、本当にすみません。私は仙一《せんいち》と申します。向島《むこうじま》の紙問屋『高木屋《たかぎや》』を営《いとな》んでおります」

男は乱れた着物の袂《たもと》を揃《そろ》え、あらたまって三人に深々と頭を下げた。

そのつむじを見下げながら、銀次郎が言う。

「何があったか話したらどうだ」

男は顔を上げて一瞬迷ったが、両手に力を入れて口を開いた。

「実は、倅《せがれ》の仙太郎《せんたろう》が昨日からいなくなったのです」

銀次郎の眉がぴくりと動いた。

「小僧はいくつだ」

「八つです」

「遊びざかりじゃねえか。放っておきゃあ帰ってくる。心配のしすぎじゃねえのか」

「それが、違うのです」

仙一が口調を強めた。

「仙太郎は屋敷の中で消えたのです」

仙一の話はこうだ。

帳場で仕事をしていたところ、女房が走ってきて「仙太郎が消えた」と言い出した。部屋で遊んでいたはずなのに、いつの間にかいなくなっていた。おおかた厠《かわや》にでもいるのだろうと相手にしなかったが、女房は家じゅう捜したと言う。

女房の剣幕に負け、店の者も手伝って捜してみたが確かにいない。

高木屋の出入り口は二つ。店の玄関と裏戸のみ。店では仙一が仕事をしていたから、仙太郎が通れば分かるし、店の者も気づく。裏戸は長屋に面していて、外に出た者がいれば誰かが見ているはず。

つまり、家の中から忽然《こつぜん》と姿を消してしまったのだ。

神隠しに違いないと女房は金切り声を上げ、捜してくるよう仙一に命じた――

「そいつは妙だな」

「方々捜したのですがどうにも見つからず。倅も心配ですが、このままでは仕事にも差しさわりが出てしまい、どうすればいいのか」

「仕事だと」

いらいらと体を細《こま》かく揺らす仙一に、銀次郎が鋭い目を向ける。

「紙問屋の仕事は大変なのです。同じ白い紙でも何種類もあり、用途によってまったく異なります。お客様のお求めを伺《うかが》ってちゃんとした紙をご用意しなければいけません。私がいないと、店の者もどの紙を選べばいいか分からない。ああ、そうだ、早く帰らないと」

仙一は頭をがりがりとかき、はっとした顔で「すみません。いらぬ話をいたしました」と頭を下げ、「馳走《ちそう》になりました」と足早に店を去っていった。

「奇妙な話ねえ。家の中で姿を消すなんて、まるで黄表子《きびょうし》だ」

弥七が障子《しょうじ》を閉めながら言った。

「ほんとうに神隠しなんでしょうか」

なんとも気味の悪い話を聞いて、お鈴はぶるりと背筋を震わせる。気のせいか、店の空気が少し冷たくなったようにも感じた。

「さあて。神様なんてあたしは信じてないけど、思いもよらないことが起きるのがこの世だからねえ。それにしてもお鈴ちゃん、料理上手いじゃない」

「いえ、あの、勝手なことをしてすみませんでした」

「いきなりあんな飯を作れるなんてたいしたもんよ。どっかの誰かさんにも教えてやりたいわ」

弥七が目を向けたが、銀次郎はむっつりと黙っている。

「ちょっと親分、聞いてんの。ねえ」

銀次郎は腕組みをしたまま何やら考え込んでいたが、突然かっと目を見開き、お鈴を見据《みす》えて言った。

「おめえ、ここで働け」

二

「ありがとうございます。また来ます」

「お力になれず申し訳ございません」

口入れ屋を出て、お鈴は深いため息をついた。朝からこれで三軒目だが、どこにもいい働き口がない。

雲一つない青空を見上げ、「よし、もう一軒」とつぶやいた。

昨晩はみと屋の二階に泊めてもらった。銀次郎達は近くの長屋に住んでいるので、二階が空いていたのだ。

早く立ち去りたかったのだが、行き当たりばったりで町に出た身。多少の荷物を持っていたものの身を寄せるあてはなく、一晩を過ごさせてもらうことにした。

もともとは甲州街道《こうしゅうかいどう》の外れで暮らしていたので、江戸の町には頼る相手がいない。人のたくさんいる場所ならば、少しでもおとっつあんの情報が入るのではないか。その一心で出てきてしまったが、あらためて自分の無謀さに気づき恐ろしくなる。

お鈴に「ここで働け」と言った銀次郎だが、理由は語らなかった。月ぎめの給金を払うし、二階で暮らしていいという。

住むあてすらないお鈴にとっては、ありがたい話だ。どこかに腰を落ち着けて金を稼がないと、父を捜すことはできない。

ただ、さすがにその場で返事はしなかった。

弥七は銀次郎のことを「やくざの親分」で「札付き」だと言っていた。

やくざといえば、町の裏側を治め、賭場《とば》を開いたり、抜け荷に火付け、人殺しをしたりすると噂《うわさ》だ。お鈴をからかっただけかもしれないが、銀次郎が醸《かも》し出《だ》す迫力を考えるとあながち嘘とも思えない。本当にやくざなら、店に仲間が出入りするかもしれないし、危険なことに巻き込まれるかもしれない。なぜ小料理屋をやっているのか分からないが、もしかしたら裏稼業に使うために隠《かく》れ蓑《みの》として開いている可能性もある。

そんな物騒なところで働きたくはない。

そう思いながらも、銀次郎の眼差《まなざ》しをどうにも忘れられなかった。お鈴がおとっつあんの口癖を叫んだ時の妙に真剣な眼差し。銀次郎はあの言葉を知っていたのだろうか。

それに、厨房に立った時の高揚感。包丁を握った時の冷たい手触りに、たしかに心が沸いた。

それにしたって、あんな閑古鳥《かんこどり》が鳴いている店で働くのはごめんだけども。

ぶつぶつとつぶやきながら歩いていると、足が止まった。

人の多い表通りに面した紙問屋がある。なかなか大きな店で、看板には黒々と「高木屋」と書いてあった。

仙一の店だ。

中はよく賑わっていた。仙太郎を捜しに出ているのか、仙一の姿は見えないものの、手代達がきびきびと客に紙を薦《すす》め、時折笑い声も漂《ただよ》う。

お鈴は昨日の話を思い出し、店をぐるりと一回りしてみた。

たしかに表口には店の者が詰《つ》めていて、子どもが出ればすぐ分かる。ほかに出入りできそうなのは裏戸だが、裏長屋に面していて、やれ洗濯だ料理の支度だと女房達がかしましい。ここも誰かの目があるはずだ。

店は木塀《きべい》で囲まれていて、子どもがひとりで乗り越えるのは難しい。手を貸した者がいたとしても、夜半ならいざ知らず、昼日中に誰にも知られず立ち去るのは難しいだろう。仙一の言ったとおりだ。

本当に神隠しなのだろうか。

ぶるりと体をひと震いさせると、どこからか視線を感じた。

振り向いてあたりを見回すと、用水桶《ようすいおけ》の陰に立っていた男が目をそらした。尻っぱしょり姿で、小柄だがずるがしこそうな眼をしている。

男はお鈴を一瞥《いちべつ》して、足早に去っていった。

＊

水道橋を渡って少し先。川縁《かわべり》に建つのがみと屋だ。

二階建ての一階の看板障子《かんばんしょうじ》には「みと屋」と筆で書かれている。妙に達筆なのが面白い。

店の隣には立派な柳《やなぎ》の木が生《は》えていて、風に吹かれて葉が穏やかに揺れていた。

お鈴が障子を開けると「おめえかい」とぶっきらぼうな声が出迎える。

紺の暖簾《のれん》はかかっているが店はがらんとしており、銀次郎が小上がりで煙管《キセル》をふかしていた。「仕事はなかっただろう」と藪《やぶ》から棒に言う。

「いえ、そんな。はい」

「水野《みずの》の締め付けで、町はどこも干上《ひあ》がってやがる。おめえみてえな小娘の働き口なんて、どこにもねえだろうよ」

返す言葉もなく、お鈴はうなだれた。

銀次郎の言うとおりだ。老中・水野忠邦《ただくに》の引き締めが厳しく、町人も武家もどこもかしこも金回りが悪い。町には仕事にあぶれる者ばかりだった。

「働く肚《はら》は決まったか」

「そ、それはもう少し」

慌《あわ》てて言うと、銀次郎は「ふん」と鼻を鳴らす。

「おめえ、断れると思ってるのか」

ねめつけるような視線に、お鈴の足が震える。走って逃げだそうかと思ったとたん、後ろから声が降ってきた。

「仙太郎がいなくなったのは本当みたいね。屋敷から突然消えて、主人が色んな所を捜してるってもっぱらの噂《うわさ》よ」

いつの間に入ってきたのか、弥七が音もたてずに後ろに立っていた。

「仙一が主人になったのは三年前。商《あきな》いが傾いたところに元の主人が急死して、何だかんだと仙一に押し付けられたみたい。ところが店は持ち直し、高木屋はここ数年で大店《おおだな》に」

「あくどい手でも使ったんじゃねえのか」

「あたしもそう思ったんだけどね。仙一の堅実さが実を結んだだけみたい。同業者とも上手くやっていて恨みを買っている様子はなさそう。あるとしたら、かどわかしの線かしら」

「かどわかしなら、とっくに投げ文が届いてらあ」

どうやら仙一について調べていたようだ。いったい何のために、と訝《いぶか》しむお鈴を他所《よ》に、弥七は調べた内容を披露《ひろう》する。

「そういえば、ちょくちょく岡っ引《おかび》きが店に来てたみたいよ」

「岡っ引きだと」

「ええ、でも破落戸《ごろつき》みたいな奴よ。高木屋には袖の下をせびりに来てたみたいだけど、仙一が追い返してたって」

「そういう手合いが一番質《たち》が悪いな」

「仙太郎がいなくなった日も、その男が来てたみたい。まさかとは思うけどねえ」

「岡っ引きなんて碌《ろく》な奴がいねえ。おめえ、そいつのこともう少し調べてみろ」

「はいはい」

弥七は店を出ようとして足を止め、ついと振り向く。きょとんとするお鈴の顔を見て、にっこり笑った。

＊

「お鈴ちゃん、ちょいと逢引《あいびき》しない」

そう言って連れられたのは、川向こうの茶屋だ。

「弥七さん、今度はどこの娘なのさ」とからかわれている声を聞いて、お鈴は居心地の悪さを感じていた。

物心ついた時から、ずっと店を手伝ってきた。それはとても幸せな時間だったけれど、こんなふうにゆっくりする側だったことなどない。

あたりを見回すと、綺麗な着物をきたお嬢さん達が団子を頬張っている。串を持つのはすべすべした白い手だ。自分のあかぎれた手がみじめに思えて着物の裾《すそ》をぎゅっと握りしめる。

「さあ、食べな」

弥七が隣に座って団子を置いた。とろりとした餡《あん》がきらりと光る。

「でも、あの」

「いいから。あたしの奢《おご》りだよ」

「ありがとうございます」

お鈴はおずおずと礼を言い、団子にかぶりついた。もちもちとした感触で口がいっぱいになった。

「顎《あご》が疲れちゃいそうでしょう。でもこれが癖になるんだよ」

弥七はあっという間に平らげ、にこにこしている。お鈴は返事をしようにも噛《か》むので大変だ。

「親分のこと、怖がらせちゃってごめんね」

弥七が小さい声で言った。

「親分がやくざだったってのは本当。それはそれは有名な親分だったのさ。とはいっても、そこまで悪い人じゃないから安心しな。ま、安心しなっていうのは無理ね」

続けて、くすくす笑う。

「ゆすりたかりは当たり前で、あの人相でしょう。破落戸《ごろつき》五十人相手にひとりで喧嘩したとかいうしね、けっこうやんちゃしてたのよ。でも、殺しだけはしてないらしいわよ。ほんとよ。ってこんな話したら、余計に怖くなっちゃうわよね」

喉につかえる餅《もち》を呑み込んで、お鈴は口を開いた。

「あの、弥七さんと銀次郎さんはどういう間柄なんですか」

「あたしはね、遠い昔に親分に助けてもらったの。親分がいなきゃ、あたしは今頃橋の袂《たもと》かどっかで野垂《のた》れ死んでるわ」

弥七は遠い目をした。

「だから、あたしは親分にどこまでもついていくと決めてるの。それであのへんちくな料理屋も手伝ってあげてるんだけどさ。そうそう、それでね。親分なんだけど、ある日すっぱり足を洗うと決めたの。今まで俺は悪いことばかりしてきたが、残りの人生は人様の心を支えられるようになりたい。そう言い出したのが去年の冬」

お鈴は黙ってうなずいた。

「はじめは何言い出したんだろうと思ったんだけど、本気で場所を見つけて店を開いてねえ。それが、みと屋。なのに親分は芋《いも》の一つも切れやしないんだから。お店なんて呼べたもんじゃないわよね」

「他の人が料理しちゃいけないんですか」

「最初は板前を雇おうとしてたんだけどね、すぐに親分が怒っちゃって駄目になるの。今は親分が厨房に立ってるけど、料理の腕はどうしようもない。あれだけ刃物振り回してきたのに包丁は使えないなんて傑作《けっさく》よね」

その言葉に、お鈴も口元を引きつらせて苦笑いをする。

「だからね」

弥七が体ごとお鈴のほうを向いて、両手を掴んだ。

「あたしが言いたかったのは、親分がここで働けなんて言ったのは初めてってことよ。何であんなこと言い出したのかは分かんないけど、たぶんお鈴ちゃんには何か特別なものがあるんだと思う。あんなとこで働いて、なんてことはあたしからは言えないけど、それだけは伝えておきたかったのよ」

弥七の手はひんやりしているが、なぜだか温かい。自分のような小娘に、何か特別なものがあるのだろうか。そんな自信はないものの、必要とされていることがお鈴には少しだけ嬉しかった。

それをどう答えていいやら分からず黙っていると、「さ、帰ろっか」と弥七が立ち上がって伸びをする。

お鈴も小さくうなずいた。

三

「私だってねえ、真剣に捜してるんですよ。それを女房は……」

みと屋でくだを巻いているのは仙一だ。それを銀次郎が苦虫を噛《か》み潰《つぶ》したような顔で睨《にら》んでいる。

お鈴が茶屋から戻り、弥七が再び出かけて少し経ってから、仙一がやってきた。まだ夕刻で陽もあるというのに泥酔《でいすい》している。どこかで酒を呷《あお》って、何を思ってかみと屋にやってきたらしい。初めはお鈴が相手をしていたが、ずいぶん酔っているので今はほったらかしにしている。

「仙太郎は心配ですよ。でも店も心配なんです。私がいないとあの店は駄目なんだ。仙太郎を捜すのは店の者にやらせればいいのに、何で私が足を棒にして駆けずり回らなきゃいけないんですか」

仙一を睨みつけていた銀次郎の眼がぎらりと光った。

「ばかやろう」

仙一は一瞬で酔いが覚めたようで、その場で両手を揃《そろ》えて立ち上がった。

「さっきから聞いてりゃ、店、店と、店のことばかりじゃねえか。おめえ、倅《せがれ》のことはどうでもいいのか」

そこで、きっと銀次郎を見る。

「そりゃあ心配ですよ。何よりも大切です。だからこそ、私は大切な仙太郎にいい暮らしをさせてやりたくて働くんです」

「おめえ、倅と遊んだのはいつだ」

銀次郎が急に落ち着いた声で言った。仙一は答えに窮《きゅう》し、黙り込む。

「生きていくには銭がいる。銭を稼ぐためには死にものぐるいで働かなきゃならねえ。それがこの世の道理だ。でもな、俺達が生きていくのに銭がいるが、小僧が成長するには親の愛がいる。そいつをすっぽりと忘れちまってるんじゃねえのか」

銀次郎はなぜか、少し辛《つら》そうな顔をしていた。

「子どもは、大切にしてやれ」

お鈴は自分の両親を思い出し、思わず口を挟む。

「あたしの家は銭がなくて、おとっつあんもおっかさんも、ずっと働いてました。でも、あたしは二人と一緒にいられればそれだけで幸せでした。何もいらない。銭も簪《かんざし》も着物もいらないから、あたしは、おとっつあんとおっかさんに会いたい。子どもって、そういうものじゃないでしょうか」

仙一は魂《たましい》の抜けたような顔でぼんやりとお鈴の顔を眺め、その場に座り込んだ。ぺたりと両手を土につけ、しばらく動かない。

「仙太郎が三つくらいの頃まで、小さな長屋住まいだったんですよ」

そして、下を向いたまま、ぽつりと語り始めた。

「番頭になれたといっても商《あきな》いは右肩下がり。暮らしに余裕はないし、仕事も忙しい。でも仙太郎はずっと私の帰りを待っていてくれたんです。先にすませればいいのに飯を残して待っていた。冷めてしまった飯を握り飯にして、七輪《しちりん》で炙《あぶ》って食べるんです。女房も出てきて三人で飯を食って。旨《うま》かったなあ」

仙一の背中があまりにも薄く見えて、お鈴が声をかけようと思ったその時だ。

どやどやと騒がしい足音と共に、荒々しく看板障子《かんばんしょうじ》が引きあけられた。

「客かい」

「じいさん、ちょいと黙っててくんな」

じいさんと呼ばれた銀次郎が、あまりの怒りで顔を赤に青にと忙しい。

入ってきたのは男が三人。どこかで見覚えのある顔だとお鈴が頭をひねっていると
ころに、仙一が立ち上がり、眉をひそめた。

「権蔵《ごんぞう》さんじゃないですか」

「おう、おめえにちょっと用があってな」

「そうだ。高木屋の前にいた人」

お鈴がつぶやくと、権蔵と呼ばれた男はこちらをきっと睨《にら》んだ。

「俺は権蔵ってえんだ。お上から十手《じって》も預かってる。めったな口を利くんじゃねえ」

権蔵は懐《ふところ》から十手を出し、お鈴に突き付けた。

「おい、仙一。おめえんちの仙太郎がかどわかしにあったらしいじゃねえか。何で俺
に相談しなかった」

「い、いいえ。まだかどわかしと決まったわけではなくて」

「大店《おおだな》の餓鬼《がき》がいなくなったなら、かどわかしに決まってるだろうが。俺が見つけ出
してやる。な、気を遣うんじゃねえよ」

権蔵が仙一に近づいて肩に手を回す。声の端に、粘りつくようないやらしさがあった。

銀次郎が袂《たもと》から手を出し、のそりと立ち上がる。

「おい若いの、こいつは嫌だって言ってんだろう。今日は帰んな」

「てめえ、誰に口利いてやがる。こんなちんけな店、潰《つぶ》してやろうか」

権蔵は眉を吊り上げて床几《しょうぎ》を蹴とばし、「おい」と顎《あご》をしゃくった。後ろに控えていた破落戸《ごろつき》二人が前に出る。

剣呑《けんのん》な空気に、お鈴は思わずぎゅっと目をつぶった。

「まあまあ旦那、それくらいで勘弁してくださいな」

ふと、弥七の声がした。

いつ店に入ってきていたのか、まったく気配を感じなかった。知らぬ間に権蔵の後ろにぴたりと立っている。先ほどまで威勢がよかった権蔵は、一瞬の間に顔面を蒼白にして、脂汗《あぶらあせ》を流していた。

「弥七さん」

驚いて声をかけると「お鈴ちゃん、ただいま」と呑気なことを言う。

権蔵は「おい、てめえ」と低い声を漏らした。弥七は影のように張り付いて、何かを押し当てているように見える。

「ねえ、旦那方ももういいでしょう」

おっとりしているが、刃が隠れているような鋭い声。目を向けられた破落戸は身じろぎし、権蔵にすがるような目を向けた。

「け、今日はこれくらいで勘弁してやらあ」

権蔵が震える声を漏らしたとたんに弥七の殺気は消え、張りつめた空気も霧散《むさん》する。

権蔵達は転がるように店から出ていった。


「弥七さん凄《すご》いんですね」

「いやあね、そんな大したことないわよ」

「もしかして、実はお武家様ですか。凄く剣の腕が立つとか」

ただの遊び人だと思っていたが、破落戸どもを気迫で抑え込むとは只者ではない。立ち回りや肝のすわりかたなど、剣の達人ではないかと思ったのだ。

「あっははは。あたしが武家だって。あんな野暮な連中と一緒にしないでよ」

弥七がげらげら笑う。笑い転げる弥七を見ながら、銀次郎が口を開いた。

「弥七はカマイタチの弥七って言われた殺し屋だ」

「えっ」

「こんななりしているが、隅田川《すみだがわ》の向こうで知らないもんはいねえ。特別に紙きれみたいに薄く研《と》いだ匕首《あいくち》を忍ばせて、すれ違いざまに首を一切りだ。あんまり切れ味がいいもんだから、切られたほうもしばらく歩いてやっと気づくらしい」

それを聞くと、弥七の邪気のない笑顔がとたんに恐ろしく見えてくる。仙一も同様だったようで、白い顔をしていた。

「じゃあさっき権蔵さんに突き付けてたのは」

弥七はふふふ、と意味深な目つきをした後、「あれはただの簪《かんざし》よ」と言って懐《ふところ》から取り出す。花の飾りが施《ほどこ》された簪を愛《め》でながら「茶屋の馴染《なじ》みにあげようと思うの。綺麗だよねえ」と笑った。

「あ、あいつの仕業だ」

仙一がぼそりと低い声でつぶやく。

「権蔵の仕業ですよ。仙太郎がいなくなった日も、権蔵は金をせびりに店に来ていました。あいつが仙太郎をかどわかして、金を巻き上げようと目論《もくろ》んでいるんです」

「あたしもちょっと臭いと思ってた。ああいう手合いはどんなことでもやるわよ」

弥七まで加勢して、二人で盛り上がる。お鈴は、質問をぶつけた。

「でも、何で金を取ろうとしないんですか」

「かどわかしは死罪よ。そんな大事にしたら奉行所もだまっちゃいないし、受け渡しの時に捕まるわ。それなら、権蔵が行方不明の仙太郎を見つけ出したことにして、たんまり礼金をせしめつつ高木屋にくいこむほうがいい」

「そういうものなんでしょうか」

どうもすっきりしない、と思いつつ横を見ると、銀次郎が腕を組んで渋い顔をし、何やら思案している。

「銀次郎さん、どうかしましたか」

「うむ」

「おなかでも痛いんですか」

「そうじゃねえ」と叫び、銀次郎は仙一を見据《みす》えて言った。

「こいつはたぶん、かどわかしでも神隠しでもねえ」

四

「客かい」という声におずおずと顔を出したのは、仙一だった。

「失礼します」と店に足を踏み入れ「ほら、お前達も入んなさい」と外に向かって手招きする。

仙一に続いて入ってきたのは、上品な着物に身を包んだ女性と、くりっとした眼をした子ども。手の甲にはくっきりとした黒子《ほくろ》があった。

「おめえかい」と銀次郎は不機嫌そうな声を出しながら、「座んな」と小上がりに首を振る。

三人は重い足取りで小上がりに座った。

「もしかして仙太郎さんですか。よかったですね、見つかって」

お鈴が茶を出して明るく声をかけても、無言のままだ。

銀次郎と弥七も近寄ってきて、三人を囲んで座る。

しばらく口を開こうとしない仙一だったが、やがて「親分の言ったとおりでした」と小さく言った。

「お前達も謝りなさい」

「このたびは、みと屋のみなさまにご迷惑をおかけしたとのこと。誠に申し訳ございません。高木屋の内儀の菊《きく》でございます。すべては私が悪いのです」

菊と名乗る女性が深々と頭を下げ、少年もちょこんと「ごめんなさい」と続いた。

「――亭主にお灸《きゅう》を据えようと思ったのです」

語り出した真相はこういうことだった。

商《あきな》いがすべてで、妻の菊はもとより仙太郎のことも顧《かえり》みようとしない。その態度に腹を据えかね、家族に興味がないのならば、いなくなってみるといい。そう思い、仙太郎が神隠しにあったと狂言を打ったのだと言う。実際は蔵の中に隠れていて、仙一が外に出ている間は母屋《おもや》に戻ってゆうゆうと遊んでいたのだから、見つからぬわけだ。

「でも、それならお店の人が気づくのではないですか」

お鈴がつい口を挟むと、「店の者もみな手を貸してくれたのです」と菊が言い、仙一は苦い顔をした。

「亭主は誠実な商いを行う、いい主です。奉公人にも優しく、店も繁盛しています。しかし、力を入れすぎるのです」

紙の注文一つとってもすべて仙一に報告しないといけない。高価な紙ならばいざしらず、手代や見習いが請け負うような少額の注文でも、すべて許可を得る必要がある。何度か番頭からも忠言したり、お菊もそれとなく伝えたりしたが、いっこうに聞き入れなかった。

このままではこれから店を守る手代達が成長できない。奉公人達でもしっかりお店を回せることを示したいという思いで、お菊のたくらみに協力してくれたのだという。

「最初からずっと家にいたんなら、そりゃ外の誰も見ていないはずだわね」

弥七がからからと笑った。

「ふざけるな」

仙一が押し殺した声を出す。

「私がいつお前達に興味がないと言った。わたしはお前達のために働いてきたんだ。奉公人達も奉公人達だ。私はみなのためを思って」

「それで仙太郎がさびしい思いをしては、意味がないでしょう」

お菊がぴしりと言い、仙太郎は下を向いて拳《こぶし》をぐっと握りしめた。仙太郎は悲しそうな目で二人を見ている。

声をかけようとしたお鈴だったが、銀次郎が手で止めた。じっとお鈴を見る。

何かを伝えようとしている目だ。その奥に潜《ひそ》むものをじっと見据《みす》えた後、お鈴は小さくうなずいて、そっと厨房に向かった。

＊

お鈴が皿を盆に載せて戻ってきた時も、夫婦はいまだ喧嘩を続けていた。子どもや家を考えているいないと侃々諤々《かんかんがくがく》だ。銀次郎と弥七は明後日《あさって》のほうを向いて関わらぬようにしている。

気にせず進み、夫婦の前にずいと皿を置いた。

「召し上がってください」

「これは」

仙一が手元に置かれた皿をじっと見つめる。

皿に盛られているのは、握り飯が三つ。

しかし、ただの握り飯ではない。醬油《しょうゆ》がとろりと塗られて、こんがり茶色に焼かれている。

夫婦はしばらく黙っていた。

じっと見つめる中で、香ばしいにおいだけが店の中に漂《ただよ》う。

「どうしてこれを」とお菊がつぶやくと同時に、白い手が伸びた。

仙太郎が握り飯をつかみ、大きな口を開けて頰張る。むちゃむちゃと食べ、あっという間に吞み込んだ。

「おっとう、美味《おい》しいね」

幸せそうな笑み。その奥に滲《にじ》む寂しさ。

仙太郎の笑顔を見たお菊も手を伸ばし、握り飯を頰張った。小さな口で味わう。

じっくりと嚙《か》みしめ、目を閉じる。

「これは、もしかして白米ではないのですか」

「はい。麦飯を混ぜています。仙一さんから家族で食べた握り飯の話を聞いて、その、もしかして白米じゃなかったかもしれないと思って」

仙一は先ほどからじっと握り飯を見ていた。何度か手を伸ばしてはやめ、やがて心を決めたのか、ぐっと手を伸ばして口に入れる。

無言でゆっくりと噛みしめ、呑み込んだ。

しばし宙を見上げた後、お菊と仙太郎を見つめ、やがてがっくりとうなだれた。

「すまなかった」

絞り出すような声と共に、二人に向けて深く頭を下げた。

「先代が亡くなり、色んな偶然が重なって高木屋の主人になり、私は焦《あせ》っていたのかもしれない。誰よりも優れた主人であらねば、店の者に信用してもらえないと思っていたのだ。そうしておらねば、お前達から尊敬される父にもなれぬと思っていた。そうして大切なことを忘れていた」

そう言って、再び握り飯を口にする。

「白米を腹いっぱい食べることが幸せだと思っていた。でも、麦飯もこんなに旨《うま》かったんだなあ。いや、お前達と食べるから旨かったのか」

ぽたりぽたりと涙が落ちる。

お菊は黙って仙一の右手を握りしめた。仙太郎はおずおずと左手を握る。

家族が固く手を繋ぐ様子を見て、お鈴の目がしらも熱くなった。

ふと横を見ると、銀次郎はしかめっ面で腕組みをしたまま涙を流している。なんだかおかしくなり、お鈴はつい笑ってしまった。

＊

「親分さん、みなさん。本当にありがとうございました」

みと屋を出て、仙一達は深々と頭を下げた。

あれからゆっくりと話し合い、仙一は家族と店との向き合い方をやり直すと決めたそうだ。

店に入った時は吊り上がった目をしていたのに、今は憑《つ》きものが落ちたように爽《さわ》やかな顔をしている。

「私は大切なものを見落としていました。これからはしっかり歩いていきます」

「しっかりやんな」

「みなさんお元気で」

お鈴と弥七が手を振り、仙太郎が元気に手を振り返す。

「お礼のほどはあらためて」と仙一が言ったとたん、「ばかやろう」と雷が落ちた。

「銭のためにやったんじゃねえ。見くびるんじゃねえ」

「も、申し訳ございません」と仙一は青くなり、「しかし、これだけ世話になっておいてお礼ができぬとは、手前の心が収まりません」と申し出る。

「そんなものはいらねえ」

するとと仙一はしばし黙考し、「それでは、手前どもで引き札を刷《す》らせていただくのはどうでしょう」と言い出した。

「引き札だと」

「はい。みと屋の料理は本当に美味《おい》しかった。こんなに美味しいのに客が来ないのはどう考えてもおかしいと思うのです」

「それは親分の料理が」とくつくつ笑う弥七を、銀次郎が蹴っ飛ばす。

「ですから、この店のよさを引き札で広めれば、もっと客が増えると思うのです。これはお礼ではございません。引き札を私が勝手に刷るだけでございます。私は紙問屋。紙はたくさんございますから」

「凄《すご》くいい話じゃないですか」

「そうよ親分、絶対に刷ってもらったほうがいいわよ」

興奮する二人を尻目に、銀次郎は「ふん」と鼻を鳴らし、「おめえが勝手に刷るなら仕方ねえ。勝手にしな」と言った。

勝手にしなと言ったわりに、顔の締まりが抜けて、どこか嬉しそうだ。

「親分、ほんとは凄く嬉しいんでしょう。顔に出てるわよ」

「ばかやろう、そんなことあるか」

「またまたあ」

風が吹いて柳《やなぎ》の葉がしゃらりと揺れる。爽《さわ》やかな空の下、楽しげな笑い声が響き渡った。

五

それから数日が過ぎた。

「お客さん、来ませんね」

お鈴は大根を切る手を止めてぽつりとつぶやいた。大根は薄く切って浅漬けにするつもりだ。旨《うま》いし、何より日持ちがする——

今日もみと屋に客は来ず、閑古鳥《かんこどり》が鳴いていた。

腕組みをした銀次郎が「ふん」と鼻をならす。

「あのやろう、余計なことしやがって」

仙一は引き札を撒《ま》いてくれた。それも盛大に。

人気の刷り師が手がけたそれは、文字だけでなく絵も彫り込まれ、豪華多色刷り。

いわく、川向こうに料理屋ができた。客の気持ちを汲《く》み取《と》る料理はとびきりの味で心に染みる。

いわく、札付きのやくざの親分が主人の、唯一無二の店である——

町の人に興味を持ってもらおうと、仙一はよかれと思って文言を入れたそうだ。しかも閻魔《えんま》のような顔をした親分の似顔絵と共に。

いくら旨《うま》いと言われても、札付きの親分が開いた店と聞いて、訪れる度胸のある者がいるだろうか。

お鈴はくすくすと忍び笑いを漏らした。

銀次郎は床几《しょうぎ》に腰かけ、風に揺れる暖簾《のれん》を眺めている。

「で、お前はどうすんだ」

ぼそりと声がした。

さて、どうしようか。

強面《こわもて》の親分と凄腕の殺し屋が営《いとな》む料理屋。

いまだに銀次郎の怒声にはびくびくするし、弥七も得体《えたい》が知れない。そもそも客が来ないのだ。迷う理由などない。

でも、なぜか不思議な居心地のよさを感じていた。

そして、おとっつあんの話をした時の銀次郎の奇妙な目。

ここならば、何か手がかりがあるのかもしれない。

「しばらくお世話になります」

お鈴の言葉を聞いた銀次郎は、「ふん」と鼻を鳴らしただけだった。

第二話　ぷるぷる湯奴《ゆやっこ》

一

ぱちり、ぱちりと音がする。

「ほいっと」

「うぬぬ」

「よっと。これ貰うよ」

「あっ、おい、てめえ、なんてことしやがる」

「何言ってんのさ。ほら、親分の番だよ、早くしなよ」

「あれを動かすと、こいつがこうで、これがこうなるとあれがああなる」

「もう、親分、早くしなよ。待ちくたびれちまう」

「うるせえ、待っただ、待った」

「何さ、あたしが待ったって言ったら、男がそんなこと言うもんじゃねえとか言うくせに」

「それとこれとは別の話だ。いいから待ちやがれってんだ、このやろう」

仕切りの向こうから、やいやいと声が聞こえる。

何をしているのだろう。

お鈴が手を止め、厨房から覗いてみると、銀次郎と弥七が将棋の真っ最中だった。どこから持ち出してきたのか、床几《しょうぎ》の上に古びた盤を置いて、二人で向き合い指している。

大柄な親分が肩を縮めて将棋を指す様子がおかしく、思わず微笑んだ。

お鈴がみと屋で働きだして、ひと月が経った。

調理番として厨房を任されているが、あいも変わらず客は来ず、閑古鳥《かんこどり》が鳴いている。

たまに間違えて店を訪れる客がいても、銀次郎のどすの利いた「おう、客かい」に震え上がって逃げる有様《ありさま》だ。本人はいたって本気で歓迎しているつもりなのが始末に悪い。

だが、ちっとも来ないとはいえ、料理屋としていつでも客を迎え入れられる用意はしておかないといけなかった。どうしたものかと相談してみたが「好きにしろ」の一点張りなので、少しずつ献立やら何やらを決め始めている。

「銭は惜しむな」と銀次郎から言われているので、青菜や魚を買う銭には困っていない。もちろん客が来ないので店の儲けはないのだが、そこは銀次郎の蓄《たくわ》えが潤沢《じゅんたく》にあるらしい。

とはいうものの、料理を余らせてしまうのはもったいない。できるだけ日持ちがしそうな食材を選んで献立を考えるのは一苦労だった。

視線を手元に戻し、ぬか床を捏《こ》ねる作業に戻る。飯屋には漬物が欠かせないし、何より日持ちがする。

――漬物の味は飯屋の味だ。

おとっつあんの言葉を思い出しながら、お鈴は手を入れて捏ねる。水っぽくならないように、ぱさぱさにならないように。ぬか床は生き物だから、毎日手をかけてやらないと死んでしまう。

おとっつあんが育てていたぬか床の感触を思い出しながら、丁寧に混ぜた。

「これがこうなって、おっ、ここだ」

「へへへ」

「何だ、そのにやけた面は」

「親分、ほんとにそこでいいのかい」

「おう、何言ってやがる」

「王手」

「なにい」

「ほら、これがここからこうして、王手だよ」

「ええい、やり直しだやり直し」

「もう、親分、往生際《おうじょうぎわ》が悪いわよ」

「うるせえ。俺の言うことが聞けねえってのか、ばかやろう」

銀次郎と弥七がやかましいやりとりを続けていると、看板障子《かんばんしょうじ》がからりと開いた。

いつものように、「おう、客か」と銀次郎が口を開いて——止まる。

空気がぴんと張りつめた。

様子がおかしい。

異変を感じてさっと手を洗い、お鈴は柱の陰に体を隠して、おそるおそる見守る。

「邪魔をします」と言いながら、暖簾《のれん》をくぐって店に入ってきた男。

着流しに黒い羽織、腰には二本差し。そして懐《ふところ》からちらりと覗く朱房《しゅぶさ》の十手《じって》。

紛うことなく、同心の姿だ。

まずい。

お鈴はまっさきにそう思った。

なぜ焦《あせ》るのかよく分からないが、同心が現れたということは、銀次郎や弥七を捕まえにきたに違いない。今日捕まえるのでなくても、きっと何かを調べにきたのだ。過去の悪行《あくぎょう》か、実は今も悪事を働いているのか。

もしもそうなれば、自分も取り調べを受けるかもしれない。悪党の一味だと思われるに違いなかった。

やはりこんな店にいるべきではなかったのか。そんなことをおろおろ考えてしまう。

「町方《まちかた》が何の用でい」

銀次郎がのっそりと立ち上がり、低い声を出した。

言葉の端から剣呑《けんのん》な気配が漂《ただよ》う。弥七は変わらず床几《しょうぎ》に座ったままだが、目はぴたりと同心に張り付いている。

やってきたのは年のほど二十くらいの若い同心だった。小柄で細身。髷《まげ》はぴしりと大銀杏《おおいちょう》に結っている。顔つきはそれなりに整っているのに、きょときょとと落ち着きがなく、背が丸まっていてどこか頼りない。

同心は銀次郎の威嚇《いかく》に動じることなく、店をぐるりと見回した。そのあとやっと気づいたかのように銀次郎に向き合い、口を開いた。

「ああ、すみません。実は、少し話を聞きたいのです。『お一分様《いちぶさま》』について調べているのですが、何か知らないでしょうか」

「お一分様だと」

銀次郎と弥七は気が抜けたように、二人で顔を見合わせた。

＊

同心は、内藤新之助《ないとうしんのすけ》と名乗った。

南町奉行所に勤める定町廻《じょうまちまわ》り同心で、「お一分様」と呼ばれる事件を調べているそうだ。

新之助によると、「お一分様」とはこういうことらしい。

ここのところ、江戸の町で盗みが起きている。頻繁ではなく時折だが、毎回必ず「一分銀」を一枚だけ盗んでいく。どれだけ他に銭があろうが、近くに小判が置いてあろうが、それには目もくれず一分銀を一枚だけ盗むのだという。

盗みに入られた先もまちまち。すべて商《あきな》いをしている店らしいが、大店《おおだな》ばかりが狙われているわけでもない。加えて人が入った形跡はなく、どうやって忍び込んだのかさっぱり分からないそうだ。

「しみったれた盗人《ぬすっと》じゃねえか。なんだって『様』なんてつけやがるんだ」

小上がりで煙管《キセル》をくわえながら、銀次郎が横やりを入れる。

「もう、親分黙って聞きなよ」と諫《いさ》めるのは弥七だ。

「それで、続きを話しなよ」

新之助はすこし怯《おび》えた顔をしたが、説明を続けた。

「一分銀が盗まれる代わりに、木彫りの仏像が置かれているのです」

一分銀が盗まれた店には、必ず小さな木彫りの仏像が置かれているのだという。親指の爪ほどの小ささだが、とてもよくできているらしい。

初めは店も帳簿のつけ間違いかと思ったらしい。しかし見覚えのない仏像に気づき、盗みが発覚した。

その仏像がとても愛らしく、生き生きとした眼をしているそうで、店も大喜び。

一分は小銭ではないが、減ったことで商《あきな》いに障《さわ》りがあるような小さな店でもない。

一分銀がなくなったと番屋に届けても手間が増えるばかり。

むしろ日頃の行いのよさの褒美に、仏様が授《さず》けてくれたものかもしれない――と書き立てる瓦版《かわらばん》が現れ、その仏像を譲ってほしいと言い出す好事家《こうずか》も現れた。今では盗んでくれと一分銀を神棚に置いておく人が増えているそうな。

「番屋に届けられてねえってことは、奉行所の調べじゃねえのか」

「た、たしかに奉行所として調べているわけではありません」

鋭い視線を向けられ、新之助は少し目を泳がせた。

「しかし、れっきとした盗みなのです。いくら届けがなくとも、しっかり調べを行い、下手人を捕まえるのが奉行所の務めです」

「このところ、派手な押し込みも続いてるそうじゃない。そっちを先に捕まえたほうがいいんじゃないの」

押し込みが続いている、という話はお鈴も耳にしていた。うちみたいな小さな店に来ることはないわよ、と弥七はからから笑ったが、瓦版が書き立てるので不安が募《つの》る。

「押し込みに関しては、奉行所をあげて調べに当たっています。しかし私は、この件がどうにも気になるのです」

「ふうん、ま、いいけどさ。親分何か知ってる？」

銀次郎は「ふん」と鼻を鳴らし、煙管を火鉢にぶつけて灰を落とした。

弥七は肩をすくめて「知らないってさ」と告げた。

新之助は残念そうな顔をしたが、これ以上得られるものはないと悟ったようで、「邪魔をしました」と床几《しょうぎ》から立ち上がる。

店から出ようとするその背中に、「おい」と声がかけられた。

新之助が怪訝《けげん》そうな顔で振り返る。

「お前、ここが何なのか知ってるか」

「ここ、とは」

「ばかやろう、ここはな。『みと屋』っていう飯屋なんだ」

「ああ、そうか、そうですね。たしかに看板が出ていました」

「だからな」と銀次郎は不敵に笑った。取って喰いそうな顔つきに、新之助がわずかにたじろく。

「飯、食っていけ」

銀次郎は厨房に顔を向け、声を張り上げた。

「おい、お鈴、飯一つだ」

*

みと屋で最初にお鈴が決めたこと。それは、献立だった。

なにせ料理屋を謳《うた》いながら、何を出すのか、何文《なんもん》で出すのか、すべて決まっていなかったのだ。銀次郎の料理の腕では銭をとれたものではないとはいえ、そんな状況でよく店を開けていたものだと逆に感心すらした。

飯に漬物、魚に味噌汁。お足は周りの一膳飯屋より少しだけ安くする。

「銭のことは気にするな。安くて腹いっぱい食える店がいい」と銀次郎は言った。

儲けることに執着はないようだったが、あまり安すぎても怪しまれるし、近くの店に迷惑がかかってもいけない。料理屋としてちゃんと利が出るように考えた。

そんな今日の献立は、豆腐の味噌汁にきゅうりの浅漬け。鰯《いわし》の干物《ひもの》だ。

いずれは煮付けなども出したいが、何せ客が来ないので、どうしても日持ちがいい食材を選んでしまう。

お鈴は干物を七輪《しちりん》の網に載せ、軽く炙《あぶ》る。

近づけすぎず遠すぎず。焦《あせ》らず火にかけ、じんわりと鰯が汗をかいてきた頃が食べ頃だ。さっと皿に載せて整えた。

摺《す》り下《お》ろしておいた大根おろしも添える。辛味大根なのでつんと鼻にくるが、これと干物がよく合うのだ。

「お待たせしました」

厨房から出て、膳《ぜん》を運んだ。

新之助は「ああ、どうも」と目を合わせずつぶやき、箸を手に取る。何げなく鰯に箸を入れて、手が止まった。

何かを考えるような顔つきでゆっくり身をはがし、口に入れる。

二口、三口と噛《か》み、再びつぶやいた。

「柔らかい」

ほう、と息をつき、飯を掻き込む。魚を食べ、飯を食い。

気持ちのいい食べっぷりで膳を平らげた。

「こんなに柔らかい干物《ひもの》があるのですね。噛めば噛むほど味が口の中に広がってきて、いやあ旨《うま》かった。母が出す干物はいつも板切れを噛んでいるようなので、本当に驚きました」

「この料理はあなたが作ったので」と言いながら顔を上げ、新之助はなぜか奇妙な態勢で固まった。

お鈴は、新之助が味噌汁に口を付けていないことを気にしつつ、料理を褒めてもらえてほっとする。

「あ、ありがとうございます。干物が柔らかいのは火加減だと思います。あんまり火を通しすぎると身が固くなってしまうので」

説明しても、反応しない。新之助の眼差《まなざ》しはお鈴の顔に注がれ、目はきょろきょろと忙《せわ》しない。

「あの、どうかしましたか」

顔に変なものでもついているだろうか。何かおかしなことを言ってしまっただろうかと、思わずお鈴はおろおろしてしまう。助けを求めて銀次郎と弥七に目をやったのに、二人はにやにやと目配せしていた。

「あ、あの」と再び声をかけると、新之助がはっとして「すみません」と立ち上がる。

「いえ、あの。私は内藤新之助と申す、南町奉行所の同心です。ほんとうに、美味《おい》しい飯でした。あの、差支えなければ、あなたの、あなたの」

新之助は両手を握りしめて、ずっと足元を見ている。

「な、名を教えていただけないでしょうか」

何を聞かれるのかと心配していたお鈴だが、少し拍子抜けした。

「鈴、ですけども」

「鈴さん、ですか。いい名ですね」

「はあ、ありがとうございます」

後ろで弥七がくすくす笑う。

「また、食べに来てもいいでしょうか」

「はい、ぜひいらしてください」

自分で考えた献立を、はじめて食べてくれたお客だ。また来たいと思ってくれたのならば、料理人冥利《みょうり》に尽きる。

とても嬉しかったが、一つだけ気にかかっていたことを尋ねた。

「あの、味噌汁は口に合わなかったでしょうか」

新之助がかすかにばつの悪そうな顔をする。

「すみません。じつは私は豆腐が苦手なのです。家で出される豆腐は冷たいしぼそぼそしていて、どうも」

「そうなんですか」

「いえ、あの、でも、本当に美味《おい》しかったです。また、必ず参ります」

銀次郎が「ふん」とひときわ大きく鼻を鳴らした。


「あいつ、お鈴ちゃんに惚《ほ》れたわね」

片づけをしていると、にやにやしながら弥七が近寄ってきた。

「何、言ってるんですか弥七さん。そんなことあるわけないじゃないですか」

はじめての客、しかも常連になってくれそうな人になんてことを言うのだ。

「いーや。あれはもう完全に一目惚《ひとめぼ》れね。眼を見れば分かる。女の勘ってやつね」

「弥七さんは男でしょう」

「あらそうだったかしら」

けらけらと笑う弥七を他所《よそ》に、銀次郎を見やる。ふと、先ほどの話を思い出したのだ。

「それにしても、『お一分様《いちぶさま》』だなんて、奇妙な事件が起きてるんですね」

「ずいぶんとしみったれたやろうだ」

「親分はさ。盗みはしたことがあるの」

弥七が尋ねる。

「ばかやろう、俺は盗みなんかしねえ。ああいうのは肝っ玉が小せえ奴がやることだ」

銀次郎は「ふん」と不機嫌そうに鼻を鳴らし、小上がりにどっかと胡坐《あぐら》をかいて、煙管《キセル》をふかしはじめた。

二

お鈴は大通りを歩いていた。

通りの両側に並ぶ店には次から次へと人が吸い込まれ、ひっきりなしに商人風の男達とすれ違う。稽古にでも行くのだろうか、時折身なりのいいお嬢さんが下駄の音を鳴らしてゆく。

みと屋は少し外れた場所にあるため実感がなかったが、あらためて江戸の町の人の多さに圧倒される。

お鈴が町に出てきたのは、米を買うためだ。必要な量を求め、後で店に届けてくれるように頼んできた。

――飯屋の肝は米だ。

おとっつあんが常々言っていたことを思い出し、みと屋でも安い米は使っていない。しかし高い銭を出せばいいというものでもない。毎朝訪れる米売りから買うと、女というだけで足元を見られるので、時間を見つけては色んな米屋に顔を出し、米を直接見繕《みつくろ》っているのだった。


大通りを過ぎて、道が細くなった頃。

小さな神社の狛犬《こまいぬ》の前に、人が座っているのが見えた。

竹で編んだ籠《かご》がいくつも置かれているので、どうやら虫売りらしい。

虫売りは、その名のとおり虫籠《むしかご》に入った虫を売る商売だ。水無月《みなづき》からお盆まで短い期間しか商《あきな》いができず、その間になんとか虫を売ろうとみな言葉巧《たく》みに売りつける。

しかし、座っている男は人を呼び込む気配もなく、下を向いてひたすら手を動かしているのみ。

どこか寂しそうな背中が気になって、お鈴はつい近寄ってしまった。

男は体を縮めて、何やら作っているようだ。よく見ると竹で細工をしているらしい。慣れた手つきで竹を細く割き、組み合わせていく。その華麗な手さばきについつい見惚《みほ》れていると、気配に気づいたのかようやく男が顔を上げた。

「こりゃあすいません。つい夢中になっちまって」

洗いざらしの着物を着て、手ぬぐいを頭にかぶっている。年の頃は三十くらいで、くりっとした目をしていた。

「こちらこそ、すみません。何をされているのか気になってしまって」

「いやあ、恥ずかしいところを見られちまった。ちょいと竹で遊んでたんでさあ」

男は頭を掻きながら、手元の細工を見せてくれる。

手に載せられていたのは、竹を器用に組み合わせたバッタだった。

触角は竹先を使ってくるりと曲がり、竹の節は頭と胴の継ぎ目。足は細い竹の枝を組み合わせていて、青竹のみずみずしい色が夏のバッタにそっくり。今にも飛び跳ねそうな見事な細工だ。

「ちょいと待っててくんな」

そう言うと男は足元の木箱から細い筆を取り出した。碗に溜《た》めていた墨汁に筆先を浸《ひた》し、すいと持ち上げる。ためらいなくバッタの顔先に近づけて、ちょいちょいと目を入れた。

「凄《すご》い。まるで生きてるみたい」

感嘆の声を上げたお鈴に、男は「ほい」とバッタを渡す。

「よかったら貰ってくんねえ」

「いえ、こんな立派なものいただけません」

慌《あわ》てて手を振る。

「売り物じゃねえから、いいんでさあ。手慰《てなぐさ》みに遊んでただけで。後で捨てようかと思ってたくらいなんで、よかったら貰ってくだせえ」

「捨てるなんてもったいないです。それなら、ありがたくいただきます」

お鈴はそっとバッタを受け取った。掌《てのひら》に載せたバッタは、その脚でどこかに跳ねていきそうだ。袂《たもと》から巾着を出し、逃げていかないようにそっと入れた。

「あのう、虫屋さんなんですか」

「へえ。虫売りの甚吉《じんきち》といいやす。蟋蟀《こおろぎ》も蜩《ひぐらし》もまだいやせんし、その辺で捕まえた虫が入ってるだけですけどね」

虫籠《むしかご》の中には、さっきもらった竹細工とそっくりなバッタが入っていた。甚吉が言ったとおり、その辺の草むらにいるようなバッタで、しかも小さい。お世辞にも売り物になりそうな虫には見えなかった。

しかし、虫籠はよくできている。四角いものや、先が丸くなっているもの。舟型の籠《かご》もある。それぞれ木の枝がぴしりとはめ込まれていて、素人目《しろうとめ》にも美しい。こんなに綺麗な虫籠がこの世にあるのかと、お鈴はじっくり籠を眺めた。

「虫籠を作るのがお上手なんですね」

「それだけが取り柄でさあ。ものを作るのは好きなんですけどね。人と上手くやるのが苦手で、肝心の虫はちっとも売れやしません」

恥ずかしそうに頭を掻く甚吉。その足元から、ひょっこりと猫が顔を出した。ふてぶてしい顔をした三毛《みけ》で、じろりとお鈴の顔を眺める。

思わずしゃがんで撫《な》でようとすると、ひらりと身をひるがえして消えていった。

「かわいい、飼ってるんですか」

「いやあ、このあたりの野良ですよ。あっしが店を出すと寄ってくるんでさあ」

神社の奥から、なーおという鳴き声がかすかに聞こえてきた。

＊

「よくできてるわねえ」

竹細工のバッタをしげしげと眺めているのは弥七だ。

「まるで生きてるみたい。今にも飛び出しそうじゃない。ほら、ぴょんって」

みと屋の小上がりでバッタを動かして遊ぶ弥七を、銀次郎はむっつりと眺めている。

「こんなに素敵な細工を作る人なのに、お客さんはからっきしでした」

お鈴は厨房で碗の整理をしながら言った。

相変わらず客は来ない。しかし何もしないのは心苦しいので、手を動かしているのである。

「そもそも虫屋なんでしょう。まあ口が上手くなくちゃねえ」

「そうなんですか」

「そうよ。だって一匹一文でしょう。じっくり悩ませたって銭にならないから、ぱっぱっと買わせないと。あとは売る場所も大事よね。人っ子ひとり通らない場所じゃあ、どんなに口が上手くたって売れやしないもの。まあ仲間での縄張りもあるから、そう簡単にいかないだろうけど」

人気《ひとけ》のない神社の前でぽつんと座る甚吉の姿を思い出し、少しお鈴の心が苦しくなる。

「そいつの腕も悪いんだろうが、水野の世じゃあ、やりにくいだろうな」

銀次郎がぽつりと言い、お鈴は思わず手を止めた。

「そうなんですか」

「どこもかしも余裕がねえ。人気の虫を置いてねえとか、客あしらいが苦手とか、そういうもんより、根っこのところで生きづれえ世の中になっちまった」

　珍しくしみじみとした声だ。弥七が大きくうなずく。

「お上なんて碌《ろく》なもんじゃないよ。偉そうな口を叩くくせに、あいつらこそみんな銭で動くのさ」

「さっきの同心の野郎、覚えてるか」

「あ、はい」

「奉行所で押し込みを調べてるって言ってただろう。あれは押し込みを受けた大店《おおだな》が袖の下を払ってくれるからだ。調べるだけで駄賃がもらえて、下手人をつきとめればたんまりだ。そりゃあ張り切るだろうよ」

「あいつらこそ、事件を追ってるんじゃなくて、銭を追ってるのさ」

　弥七が苦い顔をした。

「銭のない者は救われない。でも、がんばっても銭は稼げない。がんばろうとして空回りする奴もいる。苦しい世だねえ」

　お鈴はなんだか胸が苦しくなり、二人から目をそらすと棚の器が目に入った。ふと、父の店のことを思い出し、ぽつりと口を開く。

「おとっつあんの店にも、腹をすかせた人が来てました」

　銀次郎と弥七がこちらを向いた気配がした。

「なけなしの銭で、一番安い総菜だけ頼もうとするんです。でも、そんな時、おとっつあんは黙って山盛りの飯も出してやるんです」

二人は黙って聞いている。

「なんでそんなことするの？　って聞いたことがありました。そうしたら、こう言ったんです」

――どんなに真っすぐ生きても、上手くいかねえ時はある。でもな、人は自分の心に真っすぐ生きることが肝心だ。あの人達は、きちんと銭を払って俺の飯を食おうとしてくれる。その真っすぐな心が美しい。どうにもならない時でも、真っすぐ生きるためには飯を食うことだ。旨《うま》いもんで腹いっぱいになれば、道は開ける。だから、俺は飯を出す。

その時はおとっつあんが言っていたことはよく分からなかった。今ならほんの少しだけ、分かるような気がする。

正しいとか間違ってるとか、そういうことは分からないけれど、自分の心に真っすぐ生きること。銀次郎や弥七を見ていると、悪人のはずなのに、そんなことを考える時がある。

弥七が「おとっつあん、早く見つかるといいわね」としんみりした声で言った。

その声音の優しさに涙が出そうになるのをこらえ、お鈴はしっかりとうなずく。

顔を上げると銀次郎と目が合った。

――おとっつぁんのことを知ってるんですか。今、どこにいるんですか。元気でやってるんですか。

訊《き》きたいことがたくさんあった。今にも口から出そうなのに、どうしても言えない。

銀次郎はどこか遠くを眺めるようにしばらくお鈴を見つめた後、ふいと目をそらした。

三

からりと晴れた日だった。

神田川の土手沿いを歩くと、気持ちのいい風が吹きつけてくる。くすぐるように頬を通り過ぎ、思わず笑みがこぼれた。

「ちょっと、今あそこで跳ねたわよ。鯉《こい》かしら。ねえ、お鈴ちゃんも見た」

「えっ、どこですか」

「あそこあそこ、あの影」

弥七とお鈴が向かっているのは、柳原《やなぎわら》にある損料屋だ。

安い値であらゆるものを貸してくれる損料屋はいたるところに店を構えているが、柳原の損料屋はとりわけ大きいらしい。

婚礼道具から下駄の鼻緒まで。そこに行けば借りられないものはなく、困ってやってくる客があとを絶たないそうな。

始終色んな人が出入りするため、世間話のついでに様々な情報が入ってくる。どんな情報屋よりも町の噂《うわさ》に詳しいから、もしかするとお鈴の父親について何か知っているかもしれない。

弥七がそう教えてくれたので、店の休みの日に二人で出かけることにしたのだ。

「噂じゃあ人だって貸してくれるらしいわよ」

「人ですか」

「そう。今はお殿様だってぴいぴいしてるでしょ。大名行列の時だけ損料屋から人を借りて、水増ししてるらしいわよ」

「なんでも貸してもらえるんですね」

「まあ噂だけどね」

そんな話をしていると、目当ての損料屋が近づいてきた。しかし、どうも様子がおかしい。通りの表に構えた店はどこぞの問屋のように立派だったが、店の前にたくさんの人が押しかけている。辺りは騒《ざわ》めきに満ちていて、がやがやとやかましい。

「弥七さん、あれ、何かあったんでしょうか」

「ちょいとここで待ってな」と、弥七は人だかりのほうへ向かっていった。

しばらくして帰ってきた手には、くしゃくしゃになった瓦版《かわらばん》が握られている。

「ちょっとお鈴ちゃん、見なよ。昨日の晩に、『お一分様《いちぶさま》』が入ったらしいわよ」

弥七が興奮した口ぶりで話してくれる。

「あの同心さんが話してた件ですか」

「そうみたい。瓦版によると、店の帳場から一分銀が盗まれていて、やっぱり木彫りの小さな仏様が残されてたそうよ」

「もしかして、あの人達は」

「そう、その仏様を見に来たんだって」

しかもね、と弥七は悪戯《いたずら》っぽく笑った。

「品を借りたら仏様を拝ませると謳《うた》って大繁盛らしいわ。ほんと、お一分様様よねえ」

人だかりはただの野次馬ではなかった。噂の仏様を眺めるために損料屋で品を借りようと並んでいる客の群れだ。

事情は理解できたが、さすがにこの人の海をかき分ける勇気はお鈴にない。出直したほうがいいのではないか。そう思って弥七の顔を見る。

「どうしましょう。こんな人じゃあ今日はあきらめたほうが」

「いいのよ、こんな奴らほっといて。ほら、おいで」

ぐいと手を引っ張られ、人混みをかき分けていく。

押され小突《こづ》かれ、もみくちゃにされるが、手を引く弥七はすいすいと縫って進んでゆく。

なんとか店に辿りついたが、中も客でごったがえしていた。本当ならば色んなものが置いてあったであろう棚は、今はがらがらだ。

周りからの冷たい視線を気にせず、弥七は「ちょいと、四郎《しろう》さん、四郎さんいるかい」と大声を張り上げた。

帳場であくせく動き回っていた男が首を上げる。こちらに気づいた様子で、人の頭越しに声を張った。

「なんだ、弥七さんかい。久しぶりだねえ」

「ちょいと聞きたいことがあるんだけどさ」

「構わないよ。見ての有様《ありさま》だから、外でいいかい。角の店で麦湯でも飲んでてくれ」

「分かったよ。すまないねえ」

男は手を振り、また帳場に戻っていく。

「よし、じゃあお鈴ちゃん、ちょっと麦茶でも飲みに行こうか」

そう言って、弥七は再びお鈴の手を取った。

＊

麦湯屋は神田川に面していた。

屋根が設《しつら》えてあるので日差しはさえぎられる。川から吹く風が、人の熱気で火照《ほて》った体を鎮《しず》めてくれた。

涼み台に腰かけて弥七と麦茶を飲んでいると、「やあ、すまない」と言いながら、先ほどの男が現れた。

「こっちこそすまないね。なんだか大変な日に来ちゃって」

「いいんだよ。もう朝から大忙しで目が回りそうだったから、抜け出す口実ができてちょうどよかった」

そう言う長身の男は、三十前くらいだろうか。縞《しま》の小袖を粋に着こなし、瓢箪《ひょうたん》の小紋をあしらった羽織を纏《まと》っている。目に付いたのはぞっとするような美貌だ。弥七も顔立ちは整っているが、こちらは作り物のように精巧で、まるで隙がない。芝居の人形を見ているような錯覚すら抱く。

「お鈴ちゃん、この人は損料屋の天草屋《あまくさや》の店主、四郎さんだよ」

「四郎と申します」

優雅に頭を下げる様子も芝居がかっている。

「それにしても大変だねえ。あのお一分様《いちぶさま》が入ったんだって」

「そうなんだよ」と眉を顰《ひそ》めた。

「今朝起きたら、帳場から一分銀がなくなっていて、その代わりに小さな仏様が置かれていたのさ。それを見た奉公人が『お一分様だ』と騒ぎ立てたせいでこうなってしまってね」

「そう言う割に、見物料を取って上手いことやってるじゃないか」

「そりゃあ、それくらいやらせてもらわないと」

四郎はちろりと赤い舌を出した。

「でもまあ、確かにお一分様と言うだけあるね。ここまで人が集まるとは思っていなかったよ。私は神さんも仏さんも信じてないけど、これだけ賑わってくれるなら毎日拝みたくもなる」

「誰も気づかなかったのかい。四郎さんの店に入るなんて、なかなか大それた盗人《ぬすっと》だけど」

「それが、この私もまったく気づかなかったのさ。気配の一つも感じなかったね」

「あのう、どこから入ったのかも分からないんですか」

口を挟んだお鈴に、「そうなんだよ」とうなずく。

「戸締りはしっかりやってるし、天井回りや床下も調べてみたけど、人が入った跡や入れそうな隙間はなし。せいぜい屋根裏を走り回る動物どもの足跡くらいだね」

「四郎さんがそう言うってのは、よっぽどだねえ」

「一分ぽっちだし、お釣りがくるほど儲けさせてもらってるから、こっちは構わないんだけどね」

四郎は呵々《かか》と笑った。

「そういえば、弥七さんはなんの用だったんだい」

「そうそう、忘れるところだった」と手を打つ。

「ちょいと人捜しをしていてね。このお鈴ちゃんの父親を捜していて、四郎さんだったら何か知ってるんじゃないかと思って遊びに来たのさ」

「そうだったのかい、かわいそうにねえ。お父さんの背格好なんかは分かるかい」

「はい。年は四十前で、背は高くて、体つきはがっしりしていると思います。店を構えていて、料理の腕がいいです。顔つきはちょっと怖いかもしれないけど、すっごく優しい人です。あと、眉が太いです」

宙を仰《あお》ぎ、思い出すままに父の特徴を述べる。

「なるほどね。大きな特徴があるわけじゃないから、私も確かなことは言えないけど、そういう男がこの辺に流れてきた話は聞かないねえ。料理の腕がいいなら、働く場所は限られてくるけど、そうした店の奉公人でもあまり覚えがないよ」

すぐに見つかるとは思っていなかったが、やはり現実を突きつけられると、心が痛む。

「そうですよね」としょんぼりとした声で言い、「お忙しい中すみませんでした」と頭を下げた。

「いやいや、せっかく来てくれたのに、なんの力にもなれなくてすまないね。もしそうした御仁の話を聞いたら、弥七さんに知らせるよ」

そう告げて四郎は去っていった。


「ごめんね、お鈴ちゃん。とんだ無駄足を運ばせちゃった」

四郎が店に戻った後、弥七は神妙な声で謝った。

「いいんです。弥七さんこそ、ありがとうございました。四郎さん、いい人ですね」

「そうね。四郎さんは凄くいい人。だけど」

弥七は少し口ごもる。

「あたしに言われたくはないだろうけど、ちょっと得体《えたい》の知れない人なんだよねえ」

「そうなんですか」

意外な言葉にお鈴は首を傾《かし》げた。

「お鈴ちゃん、四郎さんのこと、いくつだと思った」

「三十前くらいかと思いました」

「そうだよねえ」と笑う。

「それがもう五十近いらしいんだよね」

「ええっ」

「ある日ふらりと町に現れて、露天で茣蓙《ござ》ひいて損料屋を始めたらしいけど、みるみる稼いであっという間に大店《おおだな》になった。色んな伝手《つて》もあって、さっきの噂《うわさ》みたいにお殿様とも付き合いがあるらしいよ」

「そ、そうなんですね」

銀次郎や弥七の側にいると、人はみな裏の顔を持っているのではないかと不安になる。

「本当の名前もよく分かんなくてね、四郎って呼ばれてるのは、天草四郎が好きでそこから自分でつけたんだってさ」

そこまで聞いて、お鈴は「あ」とつぶやく。

「だから天草屋なんですね」

「そういうこと」

「でも、そんなお人と、弥七さんはどこで知り合ったんですか」

「あたしは小間物屋で会って意気投合してね。四郎さん、あの器量に加えてとってもお洒落《しゃれ》でしょ。着物や小間物の話ができる男なんてなかなかいないから、時どきお茶してる道楽仲間なのさ」

弥七は根付を揺らして見せた後、声を潜《ひそ》めた。

「そんな四郎さんの店だから、戸締りがゆるいわけがないし、外から盗人《ぬすっと》が入れる隙なんてあるわけないのさ」

人っ子ひとり入れる隙もないし、その跡もない。四郎の話を思い出し、ふとお鈴の心にある考えが芽生えた。

馬鹿馬鹿しいと笑われるかもしれない。

一瞬ためらったが、弥七ならちゃんと話を聞いてくれるだろうと思い、「あのう」と切り出す。

「なんだい」

「盗みに入った人なんていないってことは、ないでしょうか」

弥七は少しぽかんとしたが、真面目な顔をした。

「どういうことだい」

「こないだ高木屋の神隠しがありましたけど、あれと同じです。一分銀《いちぶぎん》が盗まれたと嘘をついて、自分で仏様を置いたんです」

「ううん」と唸《うな》り、腕を組む。

「いくつかの店で起きてるけど、それはどうするんだい」

「はじめから盗みがあった店は繋がっていたんです。自分達で事件を起こすことで、瓦版《かわらばん》に書かれて客が来る。そうしたらそれぞれの店が繁盛する。それを見越して店同士で繋がっていたとしたら」

弥七は「『引き込み』みたいなもんね」とうなずいた。

「盗みに入られる店は、だいたい奉公人に引き込み役がいて、符牒《ふちょう》を使って仲間と連絡を取ってるのさ。そもそも店の中に悪党がいるんだからゆうゆうと入られちまう。今回も店の中に下手人がいるならいくらでも置けちまうわ。人のやることなんて似たようなもんだから、あり得るわね。頭いいじゃないお鈴ちゃん」

「いえ、あたしも分かりません。ちょっと考え付いただけなので」

「ううん、でも調べてみる価値はあるわね」

少し考え込んで「お鈴ちゃん、ひとりで帰れるかい」と言う。

「はい、川沿いをずっと歩くだけなので。どうしたんですか」

「善は急げよ。あたし、ちょっと心当たりをいくつか回ってくるわ」

高木屋の時も、いつの間にか弥七が店の事情や事件の詳細を探っていた。みと屋はおろか、銀次郎や弥七となんの縁も関わりもないことなのに、どうしてそんなに首を突っ込むのか。それが気になった。

「弥七さんは、どうして色んなことを調べてるんですか。その、みと屋とはあんまり関わりがないのに」

「ああ、それはね。親分の指図なのよ」

「銀次郎さんの」

「親分はね、いつまでもやくざの大親分なのさ。自分の目の届くところで、曲がったことが起きるのが大嫌いなのよ。だからね、ちょっとでも変なことがあれば、あたしに調べてくるよう言いつけるのさ」

＊

気づけば陽が落ちていた。

夕陽が川面《かわも》に映り、景色が赤い。柔らかな風に草が揺れ、遠くから烏《からす》の鳴き声が聞こえる。

お鈴が川沿いの道をしずしずと歩いていると、向かいからやってくる男に気づいた。

黒羽織に頼りなさげな顔。みと屋を訪れた新之助だ。

下を向いて歩く新之助は、どことなく足取りが重く見える。

「あの、新之助さんですよね」

声をかけるとゆっくり顔を上げ、しばしぼうっとした後、「ああ、お鈴さん」と破顔した。

「どうしたんですか、暗い顔して。もしかしてお一分様《いちぶさま》を調べに行くんですか」

そう尋ねると、新之助は苦い顔をして横を向く。

「いいえ、あれは、もういいのです」

「え、でもあんなに熱心に調べていたのに」

「昨日もまた、押し込みが起きました」

お鈴の言葉をさえぎるような、強い口調だった。

「賊が押し入ったのは大きな札差です。大金が盗られ、たくさんの人が傷つけられました。届けも出ていない事件に関わるなと叱《しか》られ、私も押し込みの手がかりを探しています」

「そうなんですか」

「もちろん押し込みは断じて許せません。それを調べることに異存はないのです。でも、罪を格付けするのは納得できないのです。それを少しでも許してしまうと、正義というものがなくなってしまう。私はそう思うのです。そう思うのですが」

新之助がすがるような眼差《まなざ》しを向ける。

「私は、間違っているのでしょうか」

その悲しげな目に、お鈴は何も答えることができなかった。

「上役や同僚から馬鹿にされているのも分かっています。出世など望めないでしょう。でも、私は私の信じるものを貫きたい。ただ、真っすぐありたいだけなのです」

その言葉に、はっとした。思わず口から言葉がぽろりと出る。

「どんなに真っすぐ生きても、上手くいかねえ時はある。でもな、自分の心に真っすぐ生きることが肝心なんだ」

新之助が驚いた顔をする。

「すみません。おとっつあんの言葉なんです」

えらそうなことを言ったと思ったが、言ってしまったものは仕方がない。心に浮かんだ思いを続ける。

「あたしは難しいことはよく分かりませんけど、真っすぐ生きるのは、とっても美しいことだと思うんです。もちろん、苦しいことばっかりだけど」

痩《や》せた母の姿がちらりと頭をよぎった。

「それでも、真っすぐ生きてたら、きっといつかいいことがあるし、新之助さんの願うものに通じるんじゃないかと思います」

烏《からす》がどこかで一鳴きした。

新之助は噛《か》みしめるように話を聞いていたが、突然、深々と頭を下げた。

「お鈴さん、ありがとうございます」

お鈴はまた余計なことを言ってしまったかと慌《あわ》てる。

「どうしたんですか、やめてください」

「お鈴さんの言葉を聞いて、ふんぎりがつきました。私はもう一度『お一分様《いちぶさま》』を調べます。お一分様が悪なのかどうか、私も分かりません。それでも、これにけりをつけることが、私の意地なのです」

顔を上げた瞳は、どこか晴れ晴れとしていた。

「また、みと屋に飯を食べにきてください」

新之助は深く一礼をして、去っていった。

四

数日が過ぎた。

変わらず客の来ないある日、看板障子《かんばんしょうじ》がからりと開く。

「おう、客かい」

銀次郎が嬉しそうな声を上げる。

「悪いねえ、あたしよ」

暖簾《のれん》をくぐったのは弥七だった。

「ふん、おめえか」

「なによう、そんな嫌そうな顔しなくていいじゃないのよ」

「ふん」と銀次郎が鼻を鳴らす。

「弥七さん、おかえりなさい」

急いで来たのか肩を上下させていたので、お鈴は水を渡す。

「お鈴ちゃん、ありがと」と、弥七は一息で飲み干した。

「やっとお一分様《いちぶさま》の調べがついたのよ」


お一分様が盗みに入ったのは全部で五軒。

すべて商《あきな》いをしている店で、小間物屋、船宿、酒問屋、貸本屋、そして四郎の損料屋だ。

一番大きな店は酒問屋で、ここは大店《おおだな》だがあとは中くらい。それぞれの場所は近いわけでもなく、街道で繋がってもいない。五つの店の店主に関係があるようにも見えない。共通点があるとしたら、盗まれた状況だ。

ある朝起きたら一分銀が消えていて、その近くに小さな木彫りの仏様が置いてあった。仏様は座っている時もあれば、転んでいる時もある。

どの店も戸締りをしっかりしていて、誰かが入った形跡はない。人の気配や物音を感じた者はおらず、気づいたら一分がなくなっていた。

最初に盗みにあったのは小間物屋だが、一分ぽっちで番屋に申し出るのは手間だし、せめて記事の種として銭にならないかと瓦版屋《かわらばん》に話したのがきっかけらしい。

最初は眉唾《まゆつば》と思われて話題にならなかったが、二つ目の事件が起きて、いっきに広まったのだとか。今ではどの店もありがたいお店として繁盛しているそうだ。


「まあ、つまり、お手上げってことね」

一通り話した弥七は両手を上げ、首を傾《かし》げた。

「ふん、使えねえやろうだ」

「なによう。こっちはあっちこっち走り回ってきたってのに」

ふくれっ面をする弥七の後ろで、「御免」と声がした。

おずおずと暖簾《のれん》の隙間から顔を覗かせたのは、新之助だ。

「あら、新之助さんじゃない。どうしたのよ」

「いや、あの、その。近くを通ったので、変わりはないかと思いまして」

なぜか赤面してもじもじする新之助に、銀次郎は不機嫌そうに鼻を鳴らした。

「ちょうど今、お一分様《いちぶさま》の話をしてたのよ。よかったら、入んなさいよ」

手招きされて店の中に入り、空いていた床几《しょうぎ》に腰かける。

「あたし達も行きがけの付き合いで調べてみてね、もしかしたら狂言の線もあるかと思ったんだけど。さっぱり分かんなかったわ」

「盗みにあった店が嘘をついていることは、私も考えました。しかし、店同士でどうにも繋がりがないのです。それが見つかれば、道が開くのかもしれませんが」

「あたし達が見落としてる何かがあるのかもねえ」

うーむ、と考え込む二人。

その様子を黙って見ていた銀次郎が、ふと口を開いた。

「狂言はない」

「なんでそんなこと言い切れるのさ」

「利だ」

きっぱりとした口調に、二人は顔を見合わせる。

「この事件はな、後に起きれば起きるほど利が出る。お一分様が評判になってから事件が起きたほうが客が集まるんだ。はじめは評判にならなかったと、おめえが言っただろう」

「まあ、そうだけどさ。後で分け前を折半《せっぱん》する約束をしたかもしれないじゃないのさ」

「ねえな」

「あの、どうしてそう言い切れるんですか」

気になって口を挟んだお鈴を、銀次郎はじろりと見た。

「付き合いの深くない奴と組むと、必ず銭で揉《も》める。てめえの店で稼いだ銭を、はいどうぞと渡すわけがねえ。もしそんな約束を交わしてたら、とっくに揉めて話が漏れてらあ。それがねえってことは、奴らは嘘をついてねえってことだ」

「なるほど」と感心する新之助。

普通に生きていると考えつかないことだ。お鈴も素直になるほど、とうなずいた。

「さすが親分。だてに悪いことやってきてないわねえ」

「うるせえ、ばかやろう」

銀次郎の話を聞いた新之助が、「参考になるか分からないのですが」と懐《ふところ》から何やら取り出した。

「これがお一分様です」

床几《しょうぎ》の上で懐紙《かいし》をそっと開くと、中から精巧な木彫りの仏様が現れた。

噂《うわさ》では聞いていたが、本当に親指の爪ほどの大きさで、吹けば転がっていなくなってしまいそうだ。活き活きとした眼をして、仏様なのに愛嬌《あいきょう》がある。

「へえ、たしかによく出来てるわねえ」

「凄い、まるで生きてるみたいですね」

しみじみと感心した声を上げたお鈴の後ろで、銀次郎が「生きてる、か」とつぶやいた。

「ちょっと貸せ」と無造作に仏像を取り上げ、顔を近づける。上から下から覗き、裏を向けてその手が止まった。

「どうかしましたか、銀次郎さん」

「おい、お鈴。おめえが会った虫屋、日本橋近くの神社あたりにいたって言ってたな」

「あ、はい」

「弥七、ひとっ走りして、そいつを連れてこい。そいつがお一分様《いちぶさま》の正体だ」

＊

少し陽が長くなってきたようだ。もうすぐ夕時だが、店の隣の柳《やなぎ》から漏れる光は、まだきらきらしている。

　お鈴が暖簾《のれん》を取り込むと、虫屋の甚吉が体をできるだけ縮めるようにして床几《しょうぎ》に座っていた。

　弥七と新之助はその脇に立ち、銀次郎は小上がりに座って腕を組んでいる。

　弥七に引きずられてきた甚吉は、隙を見つけて逃げ出そうともがいていたが、銀次郎の一喝を浴びるや、心の臓が震え上がったらしい。今は下を向いて微動だにしない。

　どう見てもただの虫屋にしか見えないのに、本当に盗人《ぬすっと》なのか。お鈴は厨房の柱の側で見守った。

「それで、あんたがお一分様って本当なのかい」

　口火を切ったのは弥七だった。

「ち、ちがう。あっしはそんなだいそれたこと、しちゃあいねえ」

　必死に首を振る甚吉を見据《みす》えて、新之助が言った。

「ただの隙だらけの町人にしか見えません。私にも、この者があんな巧妙な盗みを働けるとは思えないのですが」

「そうだ。こいつは確かに盗みなんかしちゃいねえ」

「え」と声を上げる弥七と新之助を他所《よそ》に、銀次郎はぎろりと甚吉を睨《にら》みつけた。

「盗みを働いたのは、おめえが芸を仕込んだ獣だな」

甚吉の顔がさっと青くなった。

「し、知らねえ、なんのことだか分からねえ」

下を向いて「知らねえ」と繰り返すが、両手はぎゅっと握られ、体が小刻みに震えている。

「そこの町方《まちかた》が持ってきた仏の裏には、切り傷みたいなもんがあった。人が付けたもんじゃねえ。爪の跡だ」

新之助が慌《あわ》てて仏像を取り出し、しげしげと眺めて「本当だ」と小さく声を上げた。

「盗まれた店には、人が入れる隙なんてなかった。だが人じゃなきゃあ、話が違ってくらあ。はじめは猫かと思ったが、猫にそんな芸当はできねえだろう。おおかた猿ってとこか」

「でもさ、親分。犯人が獣だとしたら、こいつじゃなくてもできるんじゃないの」

弥七が口を挟む。

「目の入れ方が同じなんだよ」

「目」

「こいつの作ったバッタと、この仏。目の入れ方が同じだ」

弥七は神棚に載せていたバッタを持ってきて、新之助と顔を突き合わせ見比べる。

「そう、かしら」

「そう言われるとそんな気が」

訝《いぶか》しげな声を出す二人を「ばかやろう、おめえらの眼は節穴か」と叱《しか》りつける銀次郎。

「どう見たって筆の入れ方が一緒だろう」

「親分、最近目の調子が悪いとか言ってなかったかしら」

「ぶっとばすぞ、てめえ」

仲裁に入ろうかどうしようか、お鈴がおろおろしていると、下を向いたまま黙っていた甚吉が、ふ、と肩を落とした。

「まる、って言うんでさあ」

銀次郎と弥七がぴたりと口を閉じる。

「あっしの飼ってる猿の名前ですよ。迷い込んできた時から、頭の後ろに丸い禿《はげ》があったんで、まる。おおかたあっしと同じで、仲間と上手くやれなくて山から逃げてきちまったんでしょう。どうにも不憫《ふびん》で可愛がってたんですが、ふと妙なことを思いついちまったんでさあ」

甚吉は昔から手先が器用だった。ものを作るのが得意で、手を動かしている間は寝食も忘れてしまう。その一方で、人付き合いはあまり上手い質ではなかった。

周りに気を使うのが苦手で、自分では悪気がないのについ相手を怒らせてしまう。器用さを見込まれ、飾り職人に弟子入りしたこともあったが、すぐに同輩や兄弟子と諍《いさか》いを起こして飛び出した。それからは色んな職を転々とし、今はほそぼそと虫売りをやっているのだという。

人と上手くやるのは苦手だが、そのぶん動物からは懐かれるのだそうな。お鈴が見かけた猫もそうだし、他にも長屋の裏でこっそり何匹か犬猫を飼っているらしい。

「小さい頃からこんな性分なんで、もうしょうがないんでさあ」と甚吉は寂しそうに笑う。

ある日の帰り道、弱っている猿を見かけた。ついつい気になり、家に連れ帰って食い物を与えているうちに元気になった。それがまるだ。

まるは賢い猿で、色んな芸を仕込むと瞬く間に覚えた。とんぼを切ったり、梯子《はしご》の上で逆立ちしたり。

そんな日々の中、河原で丸い石を取ってこさせて遊んでいる時に、ふと思ってしまったそうだ。

石じゃなく、銭も取ってこれるんじゃないか——と。

商《あきな》い上手ではなく稼ぎが悪い上に、獣達の餌代もかかる。毎日かつかつで過ごしていた中で、そうした思いが頭をよぎるのは、仕方がないことといえよう。

「そうして、猿に一分銀《いちぶぎん》を盗ませていたわけですか」

ぴしりとした声で、新之助が言った。

甚吉は「へえ」と肩を落とす。

「一分くらいなら、という考えもありました。あとは、まるが盗ってこれるのが一分しかなかったんで」

猿が店に忍び込んで銭を取ってくる。妙案に思えたが、問題があった。

銭を見つけたら取ってくるよう仕込もうとしたが、どれだけ練習しても四文銭ばかり持ってくるのだ。

「あいつはつくづく丸いもんに縁があるようで」と甚吉は頭を掻く。

「だから、手慰《てなぐさ》みに作ってた仏さんを置きに行かせて、その代わりに一分を持ってくるよう覚えさせたんでさあ」

「なるほどねえ。それで仏様が置かれてたんだ」

その時、会話を遮《さえぎ》る鋭い音がして、お鈴は身を竦《すく》ませた。

甚吉が座っている床几《しょうぎ》を、新之助が平手で叩いた音だ。

新之助は険しい顔つきで甚吉を睨《にら》んでいる。

「一分くらいなら、と申しましたね。しかし一分は決して小さい銭ではない。その一分を稼ぐために汗水たらして働いた者がいる。そしてあなたがやったことは、まぎれもなく盗みです」

「ちょいと新之助さんさあ。そこまで言わなくていいじゃないの。そりゃあね、この人がやったことは悪いことかもしんないけどさ、盗まれた店みんな喜んでんだよ。むしろ礼を言われたっていいくらいだ」

弥七が間に入ってとりなした。

「たしかに、そうかもしれません。しかし、盗みは盗みなのです」

「もう、頭が固いわねえ」

がたりと、甚吉が体を震わせながら立ち上がった。

「じゃあ、あっしはどうすりゃあよかったんです」

新之助と目を合わせて、はっしと睨みつける。

さっきまでの怯《おび》え切《き》った様子からは顔つきが一変していた。目が血走り、怒っているようにも泣いているようにも見える。

「あっしだって、盗みなんてやりたくてやってるんじゃねえ。本当は好きな細工をして暮らせればどんなにいいことか。でもこれしか生きていく方法が思いつかなかったんでさあ。大店《おおだな》の主になりたいわけでもねえ、どっかの姫さんと添いたいわけでもねえ。そんな大層なことを望んだこともねえ。それなのに、いつも周りから馬鹿にされて、怒られて。あっしはただ、細工がしたかっただけなのに」

甚吉の苦しさが伝わってきて、胸が詰《つ》まる。

華麗な手さばきで竹を組み合わせ、作ったバッタを渡してくれた甚吉の顔が頭をよぎった。なんとかしてやりたい。助けになってやりたい。そう思うが、何ができるのか分からない。自分の力のなさにお鈴は途方に暮れる。

と、張りつめた空気を遮《さえぎ》るように、銀次郎が「おい」とどすの効いた声を出した。

「おめえら、飯食ってねえだろう」

ぽかんとした様子の二人。

「おい、お鈴。こいつらに飯出してやれ」

今度はお鈴がぽかんとする番だった。

＊

綺麗に整頓された厨房で、お鈴は「よし」とつぶやいた。

器は手が届く位置に並べられ、包丁もぴかぴかに研《と》いである。少しずつ整えてきた厨房は、だんだんおとっつあんの厨房に近づいてきている。

銀次郎に声をかけられた時は驚いたが、嬉しくもあった。自分にもできることがあったし、それを認めてもらえたような気がしたのだ。

美味《おい》しい飯を出して、二人の道が開ければいい。

そう願ってお鈴は厨房を眺める。

とはいえ、急に言われたので用意できるものはあまりない。有り物でなんとかするしかないが、何があっただろうか。うろうろと見まわして、目が留まる。

しばし悩み、お鈴はにっこり笑った。


お鈴が店内に戻った時もぴんとした空気が漂《ただよ》い、静まり返っていた。

新之助と甚吉はお互いにそっぽを向いて、床几《しょうぎ》の端と端に座っている。銀次郎は目をつぶって煙管《キセル》をふかしていた。いつもはぺちゃくちゃやかましい弥七も、さすがに黙って竹のバッタを弄《もてあそ》んでいる。

「お待たせしました」

膳《ぜん》を二つ、床几に置く。

「お鈴ちゃん、こいつは」

弥七が近寄ってきて、三人ものぞき込む。銀次郎は静かに目を開いた。

碗に載せられた、ぷるぷるした白くて四角いもの。ほかほかした湯気を立てている。

「湯奴《ゆやっこ》です」

「これはまたずいぶんあっさりした喰いもんだねえ」

弥七が気抜けしたように言った。

「お鈴さん、お気持ちはありがたいのですが、豆腐はちょっと」

新之助が顔をしかめる。

そう言うのは分かっていた。しかし、どうしても食べてほしいのだ。

「だまされたと思って食べてみてください」と、顔を近づける。

「いや、それは」と体ごと後ろに下がる新之助。

その様子を見ていた甚吉が、あてつけるように碗を荒々しく取った。

箸を入れ、口に運ぶ。

おそらく期待もなかっただろう。何げなく口に入れて噛みしめたとたん、「うめえ」と言葉を漏らした。

「なんでえ、これ。豆腐なのにうめえ」

もう一口割って、口に入れる。

「あったけえ、しっとりしてる。今まで食った豆腐で一番うめえ」

満足してもらえるように心を込めて作ったつもりだが、食べてもらうまで分からない。その言葉を聞いて、お鈴は内心で胸を撫《な》でおろした。

「よかったら、猪口《ちょこ》の中身もかけて召し上がってください」

「こいつは醤油《しょうゆ》かい」

甚吉が猪口《ちょこ》の口から黒いものを豆腐に垂らし、口に入れる。

「分かった。鰹節《かつおぶし》だ。口のなかで風味がすげえや」

うめえうめえと口にする甚吉を羨《うらや》ましそうに見ていた弥七が、しびれを切らして新之助の背中をひっぱたいた。

「もう、いいから早く食いなさいよ。あんたが食わないと、あたしも手を出しづらいじゃないのよ」

「あんたも男でしょ」とまで言われ、ようやく覚悟を決めたらしい。

新之助は恐る恐る箸を伸ばした。

賽子《さいころ》くらいに切り分け、口に入れる。

はじめは嫌そうにゆっくり噛んでいたが、だんだん目が丸くなった。

「美味《おい》しい、です」

「よかった」とお鈴は笑った。

「ちょっと、あたしにも食べさせてよ」

弥七が碗を奪い取り、頬張る。

「なにこれ、ほんと。中まであったかくて、ぷるんぷるんしてる。何が違うの、ただの豆腐でしょ」

「じつは、葛湯《くずゆ》で煮ているんです。新之助さんがぼそぼそする口当たりが苦手とおっしゃっていたので、これならどうかな、と思って。煮る時間も大事です。鍋の蓋《ふた》をせずにずっと見て、浮き上がろうとする瞬間に掬《すく》い上《あ》げるのが肝心なんです。これが長くても短くても、味が変わってしまいます。あとは、器もあったためていたので、いつもの豆腐とは口の中での味わい方が違ったと思います」

「この醤油はなんなのさ。すっごく美味しい」

「生醤油を沸かしたところに花鰹を入れて、湯を足して煮ます。それを絹で濾《こ》したのが、この醤油です。あっさりした湯奴《ゆやっこ》だからこそ、風味が立って両方が美味しくなるんです」

「あっさりしてるなんて言って悪かったねえ。こいつは手が込んだ豆腐だわ」

碗を目の高さまで上げて、弥七はしげしげと眺めた。

お鈴は「あの」と、二人に向き合った。

「そのままでいいと思うんです」

視線が集まる。

恥ずかしさや不安や、色んな思いが頭をぐるぐる駆け巡ったが、着物の裾《すそ》を握って一気に言葉を紡《つむ》いだ。

なぜ、この料理を作ったのか。その想いを二人にちゃんと伝えたい。

「料理って、色んなものを混ぜて煮たり焼いたりしたら、だいたい美味《おい》しくなります。でも、食材一つをそのまま美味しく食べるには、そのものがしっかりしてないと駄目なんです。ごまかせないから、食べ物に芯がないと美味しくならないんです」

新之助が「芯」とつぶやく。

「芯がある食べ物は、好き嫌いが出やすいかもしれません。でも、新之助さんの豆腐みたいに、苦手に感じる人もいるかもしれません。でも、そのものの美味しさを知らないだけなんです。そして、それが美味しいのは、ちゃんと芯があるからだと思うんです。お二人ともちゃんと心に一本筋が通っている人だから、だから、そのまま、真っすぐ生きてほしいんです」

しんとした空気に、今すぐ逃げ出したくなる。やっぱりやめておけばよかった。つい料理の話になると余計なことまで話してしまう。自分のこの性分が心底嫌になる。いたたまれなくなって、そっと厨房に戻ろうかと思った時、甚吉が深い息を吐いた。がっくりと肩を落とし、神妙な声で「申し訳ねえです」と言う。

「あっしは細工が好きです。でも、それと向き合ってなかった。本気で自分を信じているなら、周りと上手くやれなかろうが、どうだろうが、構わねえはずなんでさあ。あっしは、それを言い訳にして逃げて、こんなことをやらかしちまった。面目《めんぼく》ねえ」

深く頭を下げて、言葉を吐き出す。

「同心の旦那の言うとおりでさあ。あっしのやったことはただの盗みです。まるにもろくでもねえことを覚えさせちまった。本当に恥ずかしい」

真剣な眼で甚吉を見ていた新之助が、口を開いた。

「私も、同じなのです」

甚吉が驚いたように顔を上げる。

「私も、奉行所の同輩と上手くやれぬのです。頑固で譲らない、やれと言われたことをやらない、そう陰口を叩かれていることは知っていました。そして、周りが私を分かっていないと意固地になっていました。でも、私はそれを言い訳にしていなかっただろうか。自分の芯を信じていなかったのではないか」

新之助は遠い目をして、自分に言い聞かせるようにゆっくりと言葉を紡《つむ》いだ。

「旦那、お縄にしてくだせえ」

甚吉は頭《こうべ》を垂れて、両手を差し出した。

どうにかならないものだろうか。もちろん甚吉のしたことは盗みだが、それでも。

お鈴は祈るような気持ちで見つめた。

新之助は天を仰《あお》ぎ、何かを考える。

真っすぐ甚吉を見据《みす》えて口を開いた。

「あなたのしたことは盗みです」

やはり、どうにもできなかった——と思った瞬間。

「しかし」

と、言葉が続いた。

「私は下手人を引っ立てたくてこの件を追っていたわけではありません。一分《いちぶ》なら、という気持ちが民に蔓延《まんえん》することを防ぎたかっただけなのです。その思いこそが、私の芯でした。今のあなたはそれを分かってくれたようだ。自分の罪を悔い改めながら、あなたの信じる道を歩んでください」

思わず弥七と顔を見合わせ、手を叩く。

始終を聞いていた銀次郎は「ふん」と鼻を鳴らしたが、そこには温かさがあった。

甚吉は目に涙を浮かべながら、ただただ頭を下げる。

「ちょっと新之助さん、粋なこと言うじゃないの」

弥七が再び背中を叩く。

「それにしても甚吉さん、あんたこれからどうするかねえ」

「へえ、虫屋は畳んで、もう一度自分のやりたい細工作りに向き合います。また周りと上手くいかねえかもしれねえけど、湯奴《ゆやっこ》の気持ちを忘れずに精進しやす」

すると、新之助が言った。

「よければ小間物屋を紹介しましょう。作るものの出来さえよければ店に並べる、という商《あきな》いをしている店です。そのぶん、眼鏡にかなうかどうかはあなたの細工次第ですが」

「ありがとうございやす。願ったりでさあ。こんどこそちゃんと稼いで、かならず盗んだ銭は返しやす」

「ああ、そうしてください」

両手を合わせてひとしきり頭を下げた後、甚吉が「そういえば」と言う。

「まるが奇妙なものを持って帰ってきたことがありまして」

懐《ふところ》から何やら小さな紙切れを取り出す。

四つ折りの紙を開くと、墨で記号みたいなものがいくつか記されていた。

「一分銀と一緒に持って帰ってきちまったんで。捨てるのもおっかなくて持ち歩いてたんですが、せっかくなんで、これはお渡ししておきやす」

「ふむ。なんでしょう」

それを聞いた銀次郎が、ぬうと顔を出した。

「貸せ」と紙切れを奪い、じっと見つめる。

その目つきは険しい。

「おい、これはどの店から持って帰ってきた」

「は、はい。たしか酒問屋の相模屋《さがみや》です」

銀次郎は腕組みをして重々しく言った。

「こいつはな、押し込みの手引きをするための符丁《ふちょう》だ」

五

しゃくり、といい音がした。

漬物をつまみ食いした音だ。

ぬか床の漬物がいい塩梅《あんばい》になってきたので、試しに胡瓜《きゅうり》を出してみたのだが、これは旨《うま》い。塩っ気がほどよく効いていて白米が進みそうだ。今日の定食に添えようと、ぬかを落としてまな板に載せる。

とんとんとんという小気味よい音が店に響く中、銀次郎が一つ大きな欠伸《あくび》をした。

いつもと変わらないみと屋だが、一つだけ変わったことがある。

はじめての常連客ができたのだ。

看板障子《かんばんしょうじ》がからりと開いて、「御免」という声がした。

「飯を食いたいのですが」

みと屋初めての常連客。それは新之助だった。

「ふん、おめえか」と不機嫌そうな銀次郎。

「親分、もうちょっと愛想よくしたらどうなのさ。せっかくの常連だよ」

「新之助さん、いらっしゃい」とひらひら手を振る弥七に、銀次郎は「ふん」と鼻を鳴らす。

「同心に食わせる飯はねえ」

「なによ、最初に食ってけって言ったの、親分じゃないのよ」

「ふん」

居心地悪そうにする新之助に、お鈴は膳《ぜん》を運んだ。

「お待たせしました。今日は鯖《さば》の焼き物と胡瓜の漬物。それに豆腐の味噌汁です」

新之助が笑顔を見せる。

「ああ、今日も美味《おい》しそうだ」

いただきます、と手を合わせて旨《うま》そうに白飯を頬張る新之助に、お鈴は声をかけた。

「聞きましたよ、捕り物《とりもの》の話。おめでとうございます」

新之助は口をもごもごさせながら顔を赤らめる。

「いやあ、お恥ずかしい」

しきりに頭を掻くが、表情からは喜びが滲《にじ》み出ていた。

甚吉が持っていた符丁《ふちょう》。それはやはり押し込みの連絡だった。

符丁に記されていたのは、引き込みの手立てとその日取り。

三月前から働きだした男が繋ぎだとあたりをつけた奉行所は、気づかれぬよう酒問屋に捕り方を配置した。

押し込み当日。

繋ぎ役の男がくぐり戸を開き、盗賊が店に入ったとたん、装束に身を固めた奉行所の一同が取り囲む。不意をつかれた盗賊は崩れに崩れ、一網打尽。

さすがに親玉は逃げ切ったらしいが、そのほとんどをお縄にできたらしい。

すべては符丁を見つけた新之助の大手柄だということになり、金一封を授かったうえ、奉行所での見る目も変わったのだとか。


「私が変わったものを調べていても、何かを掴んでくるんじゃないかと好きにさせてもらえます」

そう言って新之助は笑った。

「お鈴さんに教えられました。自分の芯を信じて、そのまま真っすぐ生きればいいんだと。甚吉もがんばっているそうです」

甚吉は竹や木など、色んなものを使って獣を模した細工を作っているそうだ。それが今にも動き出しそうなほど出来がいいと町では評判になっているらしい。特に目玉の入れ方が見事だと高名な書道家が言ったらしく、銀次郎は得意げな顔をしていた。

「そうですか。それはよかったです」

新之助の顔からは、はじめて店を訪れた時に感じた頼りなさは消えていた。

「お鈴さん、すみません。飯のおかわりをいただけますか」

「はい、ただいま」

お鈴は微笑んで碗を受け取る。

店の神棚には、甚吉の作った竹のバッタが、今にも飛び跳ねそうに佇《たたず》んでいた。

第三話　つるつる天の川そうめん

一

みと屋の前には、大きく太い柳《やなぎ》の木が聳《そび》えている。

いつからあるのか知らないが、二階建てのみと屋と同じくらいの高さだから立派なものだ。文月《ふみづき》に入ったからか、いつにも増して青々とした葉を茂らせている。

細い葉は雨が降っているように長く垂れていて、夜半になると幽霊でも立っていそうな佇《たたず》まいだが、店主が銀次郎では出てきにくかろう、とお鈴は箒《ほうき》片手に思う。

――店だけを綺麗にすればいいんじゃねえ。店の顔も綺麗にするんだ。

おとっつあんの口癖を思い出し、折を見ては店の周りを箒で掃いて綺麗にしている。

柳の根元や店の前の通りまで、しっかりと清めるのだ。砂埃《すなぼこり》が舞うのは好きではないが、店の顔が散らかっているよりはよほどいい。

通りをしっかりと掃き、腰に手を当ててふうと息をつく。

額《ひたい》に滲《にじ》んだ汗をぬぐい、身体を伸ばす。さて店に戻ろうかと思った時、柳の下に何かが見えた。

遠目に「く」の字に見えて大きな海老《えび》かと思ったが、もちろんそんなわけはない。佇んでいたのは、腰を大きく曲げたお爺さんだった。

髷《まげ》は小さく白く、頬骨が出てげじげじした眉をしている。体は細く骨ばっていて、煮しめたような黒っぽい着物を着ていた。

さっき掃除をしていた時は、あんな人はいなかったはず。近づいてきた人も通り過ぎた人もいなかったはずだし、いつの間にやってきたのだろうか。

小首をかしげながら眺めていると、視線に気づいたお爺さんがこちらを向いた。目を糸のように細め、お鈴に向かって手招きをする。

近寄ると、お爺さんはにぃと口を歪《ゆが》めた。

「あんたあ、この店の娘かい」

「あ、はい。ここで働いています。お鈴です」

「この店はやくざの親分がやってるってえのは本当かい」

「あ、そうですけど」

不躾《ぶしつけ》に言われて、正直に答えていいものやら一瞬ためらった。

「なんてえ名なんだい」

「はい」

「だから、親分の名だよ」

「ぎ、銀次郎さんです」

「ああ、そうかい」

お爺さんはひっひっと笑った。黄色い歯が二、三本のぞく。

「あの、銀次郎さんに何か御用でしょうか」

「ああ、それがどうしたい」

「いえ、その、銀次郎さんは出かけていて、今はいません」

銀次郎は用事があるとかで出かけたままだ。弥七もおらず、みと屋にはお鈴が留守番しているのみだった。

お爺さんは目を丸くして、にいと笑う。

「ああそうかい、じゃあまた来る」と踵《きびす》を返す。

「あの、もし銀次郎さんに何かご用事でしたら、お伝えしましょうか」

お爺さんは振り向き、またひっひっと笑った。

「いらねえよ」

「え、でも」

にやにや笑ったまま「人ってえのは信用ならねえからよ」と言葉を継ぐ。

「わしが言ったことを、あんたが他所《よそ》で言いふらすかもしれねえ。親分さんに伝えるのを忘れるかもしれねえ。なあ、そうだろう」

お爺さんは邪気なく笑うが、言葉は辛辣《しんらつ》だ。せっかくの親切を足蹴《あしげ》にされたような気がして、さすがのお鈴もむっとした。

「そ、そんなこと、ありません」とつぶやくように抗議の声を上げたが、お爺さんはひっひっと笑い声を残して去っていった。

二

弥七の上機嫌な鼻唄が聞こえてくる。

厨房から顔を出すと、弥七が床几《しょうぎ》に腰かけて何やら紙細工を作っていた。

「弥七さん、何してるんですか」

「これはね、吹き流しよ。ほら、もうすぐ七夕《たなばた》じゃない。いっぱい飾り付けしなくちゃ」

色とりどりの長細い紙がくっつけられ、そう言われるとそんなようにも見える。

「七夕って、いいわよねえ」と、弥七はうっとりと言った。

「織姫と彦星が年に一度会える日だなんて、素敵じゃない」

「でも、年に一度しか会えないのは、ちょっとかわいそうです」

「まあ、そうだけどね。いつまでも思い続ける二人って、まさに愛じゃない」

そんなことを話していると、腰高障子《こしだかしょうじ》がからりと開いた。

「おう、客かい」と銀次郎のだみ声と共に入ってきたのは、新之助だ。

「なんでえ、おめえか」

つまらなそうにする銀次郎と、申し訳なさそうな新之助。

「新之助さん、こんにちは。今、用意をしますね」

「ああ、お鈴さん、こんにちは。いいえ。それが違うのです」

厨房に戻ろうとするのを止められ、お鈴は目をぱちくりとさせる。

「今日は食事ではなく、その、銀次郎さんに折り入ってご相談がありまして」

銀次郎はそれを聞いたとたん、「帰れ」とにべもない。

「町方《まちかた》の頼みなんざ聞くわけがねえだろう。とっとと帰れ」

「もう、そんなこと言ってないで、話くらい聞いてやればいいじゃないのさ」

いいから話しな、と手を振る弥七。

銀次郎は不機嫌そうに「ふん」と鼻を鳴らして煙管《キセル》を火鉢に打ち付けた。

＊

「長屋に幽霊が出るらしいのです」

「お一分様《いちぶさま》の次は幽霊って、新之助さんはつくづく妙な事件を拾ってくるわねえ」

「いえ、今回は拾ったわけではなく、押し付けられたと言いますか、なんというか」

「はいはい、いいから続きを話しなよ」

新之助の相談事。それは、長屋に出る幽霊を調べてほしいというものだった。

通りの隅にあるうらぶれた裏長屋。そこに長く住んでいた店子《たなこ》が亡くなった。それ自体に事件性はなく寿命によるもので、大家がちんまりと葬式をあげたらしい。

ところがその長屋に、幽霊が現れるようになったというのだ。

夜な夜な長屋の路地に人影が現れ、障子《しょうじ》越しに気づいた店子が戸を開けると誰もいない。すうっと動く白い影を見たと言う者もいて、稲荷《いなり》のほうに消えていき、追いかけるといなくなったそうだ。大家が部屋の外で寝ずの番をしたこともあるが、そういう時には決まって現れない。

ただでさえおんぼろ長屋なのに、幽霊が出るなんて噂《うわさ》が広まると、空いてしまった部屋の借り手が現れない。恐がって出ていった店子もおり、他の者も気味悪がって出ていきかねない。

幽霊をなんとかしてほしいと大家に頼まれ、困り果ててみと屋を訪ねてきたというのだった。


「ばかばかしい」

新之助の話を聞き終えた銀次郎は、一言で切り捨てた。

「幽霊なんているわけがねえだろう。町方《まちかた》がくだらねえ話を真《まこと》に受けやがって」

「で、ですが」

「だいたい、てめえが頼まれたんだから、てめえでなんとかするのが筋だろうが」

額《ひたい》に青筋を立てる銀次郎を、弥七がまあまあとなだめる。新之助は「ごもっともです」と小さくなるばかりだ。

「あの、どうして、みと屋を訪ねてこられたんですか」

実際、銀次郎の言うとおりだ。幽霊の真偽は分からないが、大家が新之助に頼んだのなら新之助が調べればよいのではないか。

「それが、その」

新之助はうつむいて、ぼそぼそと小さな声を出す。

「なんだ、聞こえねえぞ」

「いのです」

「あん」

「幽霊が、こ、怖いのです」

新之助の悲痛な叫びに、さしもの銀次郎もあんぐりと口を開けた。

「子どもの時分に、肝試しでひどく驚かされたことがありまして、それ以来、幽霊というものがどうにも恐ろしくなってしまったのです」

「へえ、新之助さんらしいねえ。それでみと屋に来たのかい」

「誠に恥ずかしいのですが、そのとおりです。銀次郎さんならば幽霊を恐れるなんてことはないだろうと思い、恥を承知でお力をお借りできないかと」

「町方の仲間には頼れないのかい」

「ご存じのとおり人付き合いが苦手な質《たち》で、手を貸してくれる仲間に心当たりがありません。そもそも同心ともあろうものが幽霊が怖いなど言えるわけもなく。もう頼れる人はみなさんしかないのです」

開き直ったのかやけくそのような新之助に、申し訳ないと思いつつなんだかおかしくなったお鈴はくすりと笑った。

そんな新之助を冷ややかに見つめて、銀次郎は「帰れ」と言い放つ。

「町方が、なに情けねえこと言ってんだ」

「なによ、かわいそうじゃないのよ。幽霊なんて誰だって怖いじゃない」

「ふん」と銀次郎が弥七に向かって鼻を鳴らす。

「馬鹿馬鹿しい」

「なにさ、親分は怖くないの」

「あたりめえだ。幽霊なんざいるわけがねえ」

「そんなの分かんないじゃないのよ」

「死んだ奴より、生きてる人間のほうがよっぽど怖え」

弥七が口を尖《とが》らせて「もう、知らない」とぷりぷりする。

お鈴はそのやりとりを聞きながら、気になったことを尋ねた。

「幽霊が苦手なら、頼み事を断ってしまえばよかったんじゃないですか」

「お鈴さんの言うとおりなのですが」と新之助は頭を掻く。

「その、大家に押し切られたといいますか。何度も断ったのに、聞く耳持たずといいますか」

「そういえば、同心に幽霊捜しをさせるなんて、その大家も大物よねえ。どこの大家なのさ」

「それが、はみだし長屋のお条《くめ》という大家でして」

「お条」

不機嫌そうに煙管《キセル》をふかしていた銀次郎が、動きを止めた。

「はい。深川《ふかがわ》の端にある小さな裏長屋の大家です」

「死んだ奴ってのは、ひょっとすると熊吉《くまきち》か」

新之助が驚いた顔を見せる。

「そうです、ご存じなのですか」

「なによ、親分知ってるの」

銀次郎は黙って煙管をくわえ、ひとふかしした。

薄い煙が天井に向かってゆらりとたなびき、消えていく。

「熊吉はな、ちんけな烏金《からすがね》だ」

「烏金」

聞きなれない言葉を、お鈴は口のなかで転がした。

「烏金ってのはね、あこぎな金貸しのことよ。金を借りた次の朝、烏《からす》がカアと鳴くまでに利子つけて返さなきゃいけないから烏金。あいつらぼったくるのよねえ」

弥七が説明してくれる。

銀次郎は煙を見ながらしばし考え込んでいたが、苦虫を噛《か》みつぶしたような表情をして「しかたねえ」とつぶやいた。

「熊吉の爺さんは古い馴染《なじみ》だ。爺さんに免じて、手を貸してやる」

新之助の顔がぱっと明るくなった。

三

「これはまだ大丈夫。ああ、これはちょっと萎《しな》びてきてるから使いきっちゃおうかな」

お鈴は厨房にしゃがみこんで、青菜などの状態を確かめていた。

ここのところぐっと暑くなってきた。何日も置いていなくても、あっという間に食べ物が傷《いた》んでしまう時期である。客に美味《おい》しい料理を食べてもらえるように、こまめに鮮度を確認するのも大切な仕事だ。

よいしょと立ち上がった時、ふと人影が見えた気がした。

店内を覗くと、小上がりに小柄なお爺さんが座っている。

小上がりは銀次郎の定位置だが、今は弥七とともに幽霊を調べに出かけていた。看《かん》板障子《ばんしょうじ》が開く音は聞こえなかったが、いつの間にやってきたのだろう。

お鈴は首を傾《かし》げながら「いらっしゃいまし」と声をかけ、お爺さんの顔を見て「あ」とつぶやいた。

柳《やなぎ》の木の下で立っていたお爺さんだったのだ。

細く骨ばっていて、今日も黒っぽい着物を着ている。体を「く」の字にして背中を曲げて座っていた。

「親分さんは、いるかい」

「すみません。それが、ちょっと出かけていまして」

「そうかい。じゃあまた来るよ」と立ち上がろうとする。

「あ、あの、ちょっと待ってください」

お爺さんが怪訝《けげん》そうにお鈴を見た。

「あ、いえ。その、お腹《なか》すいてませんか」

「それがどうしたんだい」

不思議そうな顔をするお爺さんに、おどおどと言葉を継ぐ。

「みと屋は、銀次郎さんが始めた飯屋なんです。よ、よかったら食べていきませんか」

「親分さんが始めた飯屋」

驚いた声を出すお爺さんに、お鈴は黙ってうなずいた。

お爺さんはずっと笑っているが、とても怪しい。にこやかな顔をしているのに、その笑みは張り付いているみたいで、誰も寄せ付けない壁のようにも感じる。関わらないほうがいい。そう分かっているのに、なぜだかこの人に飯を食べてほしいと思ったのだ。

「そうかい、親分さんの店なのかい」

ぐるりと店の中を見回して、お爺さんがひっひっと笑う。

「じゃあ、一つもらおうかね」

お鈴は一礼して厨房へ戻った。


今日の定食は鯵《あじ》の焼き物とわかめの味噌汁。それにきゅうりの漬物だ。

――味がいいから鯵だ。

おとっつあんがよく言っていたのを思い出す。

秋こそ鯵の旬だと言うが、夏の鯵が一番美味《おい》しい。引き締まった身と脂《あぶら》の回り方がほどよく、本当は刺身で食べたいところを、夏場ということも考えて焼いて出すことにした。

美味しい魚をぜひ味わってほしい。そう思って満面の笑みで膳《ぜん》を出す。

「お待たせしました」

お爺さんは置かれた鯵に無造作に箸を入れ、口に運んだ。すぐに飯を掻き込む。

空《す》きっ歯《ぱ》の隙間からぼろぼろと飯がこぼれるのも気にせず、むしゃむしゃと食べる。

「固い」

「え」

「わしは歳をくってるんだから、もう少しふんわりさせてくれんかなあ」

「す、すみません」

「それに脂が多くて、年寄りにはつらいなあ」

自信があっただけに、胸がきゅうとした。

せっかくのお客を満足させられなかった。

その想いがお鈴の心を打ちのめし、すみません、と頭を下げる。

お爺さんはああでもないこうでもないと言いつつも、しっかりと飯を平らげた。

「で、いくらだい」

代金を告げると、「ううん」と顎《あご》に手をやる。

「そいつはちいと高くないかのう」

近隣の店を回って相場を調べたが、みと屋は決して高くない。魚や青菜など、できるだけ素材のいいものを選んでいるから、むしろ安いはずだ。

料理は満足させられなかったかもしれないけれど、料理人として安売りはできない。

「で、でも、ほかのお店よりもお足は安いと思うんですが」

びくびくしながら反論すると、「ちょいと魚が固かったし、まからないかねえ」とお爺さんはにやりとした。

――お足をを負けさせようと、わざとけちをつけていたに違いない。

「それはできません」

お鈴がぴしゃりと言うと、お爺さんはひっひっと笑う。

「まあ仕方ないねえ。今日は出してやるよ」と懐《ふところ》から銭を出した。

よっこらせと立ち上がったお爺さんに、声をかける。

「あのう、銀次郎さんに御用だったんですか」

「ああ、親分さんに頼み事があってね」

「よかったら、承《うけたまわ》りましょうか」

再び足を運んでもらっても、銀次郎がいないと申し訳がない。あくまで善意のつもりで出た言葉だ。

しかし、お爺さんは「いらねえよ」とあっさり答える。

皺《しわ》だらけの顔をにこりとさせた。

「わしはな、銭しか信用しとらんからな」

四

「だからあたしは言ってやったのさ。こんな年寄り捕まえてそんなことやってたら、あんたバチがあたるよって。そうしたらあの男、真っ青になっちまって。ちょっと、あんた聞いてんのかい」

「あ、はい。聞いてます」

古びた長屋の一室。壁の綻《ほころ》びを隠すように油紙がそこかしこに貼ってある。そんな部屋で、お鈴は老婆と向き合っていた。

老婆の名はお粂。新之助に助けを求めた、はみだし長屋の大家である。継《つぎ》の当たった着物を着た老婆で、ちんまりとしているが目は爛々《らんらん》と輝き、矍鑠《かくしゃく》そのものである。

銀次郎と弥七が部屋に一晩居座り幽霊が出るかどうか確かめるというので、お鈴は夜食に握り飯を持っていってやることにしたのだ。握り飯を渡してすぐに帰るつもりが、お粂に捕まり延々と話を聞かされている。

お粂の部屋で話に付き合ってかれこれ一刻も経つだろうか。初めは長屋に出る幽霊の愚痴だったが、どんどん話が飛び、もはや何の話をしているのかよく分からない。

隣には銀次郎もいて、いらいらと身体を揺すりながら壁の染みを眺めている。そんなふうに銀次郎を黙らせて延々と話をするのだから只者ではない。弥七はいつのまにか姿を消していた。

この自由奔放《ほんぽう》ぶりならば、新之助に幽霊を調べるよう言いつけるのも納得がいく。

「それで、あんたの抱えてるその包みは何なんだい」

「は、はい。握り飯です。銀次郎さん達の夜食にと」

ちなみにこの問いは三度目である。

「ああそうかい、なかなか見上げた心意気じゃないか。まったくそこら辺を歩いている娘ときたら、やれ芝居だ、やれ簪《かんざし》だなんて、まったく生意気だよ。あたしゃあ爺さんが死んでからこの腕一つでこの長屋を守ってきたんだよ。店賃の取り立てもしなきゃあならないし、店子《たなこ》の面倒もみてやらなきゃあならない。分かるかい、心配りがないと大家なんてやってられないのさ」

「は、はい。凄《すご》いですね」

「ああ、そうだよ。それにこんな長屋にいる奴らなんて、腹を空《す》かしてるから飯の一つも食わしてやらなきゃいけない。ほっといておっ死《ち》なれちゃあ目覚めがわるいからね。ああ、そういえば熊吉の爺いにもよく飯を食わせてやったもんだよ」

「飯ですか」

終わらない長話に眠りそうになっていたが、料理の話となるとつい気になる。思わず合いの手を入れると、お条は嬉しそうに身を乗り出して語り出した。

「そうだよ。そうはいってもこっちだってぴいぴいしてるから、蒟蒻《こんにゃく》の煮たのとかだけどね。小銭が入った時はそれにちょっとおまけしてやるのさ」

「熊吉は誰かに殺されたわけじゃねえんだな」

料理の話をもう少し聞きたかったのに、銀次郎が遮《さえぎ》った。

「あこぎな金貸しだったから、嫌ってる奴はたくさんいただろうよ。でもね。まあ、恨まれるほどの悪人じゃあないね。ただねえ。銭に執着してたくせに部屋には一銭もないし、後始末はぜんぶ押し付けて勝手におっ死ぬし、あげくは化けて出てくるし、まったくあの世から詫《わ》び料でも持ってきてもらわなきゃあ、こっちは割に合わないよ」

小さな体のどこにこれだけの言葉が詰《つ》まっているのか、あきれるほどまくしたてる。

この話はいつまで聞けばいいのだろう、と途方に暮れた時、長屋の障子《しょうじ》が乱暴に引きあけられた。

「おい、婆さんいるか」

どやどやと土間に入ってきたのは、肩をいからせた嫌らしい目つきの小男。以前にみと屋に来たこともある岡《おか》っ引《ぴ》きの権蔵だ。

「なんだい、また来たのかい。あの話はあたしゃ断るって言ったはずだよ」

「まあ、そう言うなよ。あんたにとっても悪い話じゃないはずだ。こんなおんぼろ長屋、早く手放しちまえばいいじゃねえか」

「うるさいねえ。嫌だって言ってるじゃないか」

お鈴のことなど眼中にない様子で、お条とやり取りをする権蔵。

「婆さんだって金がいるんだろう。俺は知ってるんだぜ」

嫌味に笑う権蔵に、お条はぐっと言葉に詰まった。

「それを用立ててやろうってんだ。もっと感謝してくれてもいいはずじゃねえか。なんだ、住んでる奴らに義理立てでもしてんのか、どうせ破落戸《ごろつき》ばかりじゃないか」

「はん、破落戸のあんたに言われたくはないね」

「なんだとこの婆あ」

権蔵が目を吊り上げる。

「こっちが下手に出てりゃあ、いい気になりやがって」

お条の言葉にいら立ったのか、土間から上がってこようとする。お鈴が恐怖を感じて身を竦《すく》めると、「おい」と太い声が部屋に響いた。

「婆さんの言うことだ。それくらいで勘弁してやれ」

権蔵が動きを止め、じろりと睨《にら》む。座ったままの銀次郎をしばし見据《みす》えた後、「てめえはあん時の」とつぶやいた。

「なんでこんなとこにいやがる」

「なんだっていいだろう」

「舐《な》めた口きいてたら、てめえも潰《つぶ》してやろうか」

「ふん」と鼻を鳴らす銀次郎。

一触即発の雰囲気。怖さと不安でお鈴がおろおろしていると、しばらく後、権蔵が「まあいい」と踵《きびす》を返す。

「婆さん、また来るぜ。その時までにいい返事を用意しておくんだな」

戸から外に出ようとして足を止め、振り向いた。銀次郎に鋭い眼差《まなざ》しを向ける。

「じじい。また俺の邪魔をしやがったら、ただじゃすまさねえぜ。覚えときな」

そう言い捨てて、権蔵は去っていった。

部屋に静寂が戻る。張りつめていた緊張が解けて安堵《あんど》が胸に押し寄せ、お鈴は深く息をついた。

「あの、お粂さん、大丈夫でしたか」

「はん、あんな破落戸、いつでも追い返してやるさ。だから礼は言わないからね」

そう憎まれ口を叩くお粂の手は、小さく震えている。それを隠すように、ぶっきらぼうに言う。

「それより幽霊の件、頼んだよ」

銀次郎は「ふん」と鼻を鳴らすのみだった。

五

水に手を浸《ひた》し、ぱしゃりと顔を洗った。井戸から汲《く》んだばかりの水は冷たく、ぼんやりした頭が冴えてゆく。

昨晩は蒸し暑かったせいか寝つきが悪かった。何度も寝返りをうっているうちに朝になっていて、どことなく頭が重い。

暑さだけでなく、銀次郎と弥七が気になっていたせいかもしれなかった。はたして幽霊は本当に出たのだろうか。眉唾《まゆつば》だと思っていても、どうにも気味が悪い。

何事もないことを祈りながら厨房で仕込みをしていると、外から慌ただしい音が聞こえてきた。と思うと、看板障子《かんばんしょうじ》が開いてどやどやと若い男達が入ってくる。

若い男達は戸板を担いだまま店に入ってきて、乗せられていた男を小上がりに下ろし、また慌ただしく去っていった。

小上がりに横たえられた男、それは、まごうことなき銀次郎だ。

「銀次郎さん！」

声を上げて近寄るが、目をつぶり横たわったまま。苦しげでも息が荒いということもなく、まるで寝ているようだ。

やはり何かあったのか。幽霊の祟《たた》りでも受けてしまったのか。

おろおろしていると、後ろから「お鈴ちゃん」と声がする。

振り返ると、神妙な顔をした弥七が立っていた。

うつむいて、その表情は暗い。ぱらりと髪が一筋、額《ひたい》にかかっている。

「弥七さん、何があったんですか」

弥七は「お鈴ちゃん、ごめんね」とつぶやいた。

「銀次郎さんは大丈夫なんですか。幽霊の仕業なんですか」

真剣な顔で詰《つ》め寄ると、お鈴の顔をじっと見据《みす》えた。

「実はね」

ごくりと息を呑む。

「親分、寝てるだけなのよ」

一瞬何を言っているのかよく分からなかったが、満面のしたり顔を見て、お鈴はいっぱい喰わされたことに気づいた。

半分べそをかきながら、「弥七さんなんかもう知らない」と言い放ったのだった。

驚くべきことに、幽霊が出たのは事実らしい。

銀次郎と弥七が熊吉の部屋で張り込んでいた、草木も眠る丑《うし》三つ時。

ふうっと障子戸《しょうじど》の向こうに影が映った。

長屋は木戸が閉じられているから、こんな時間に外から入ってくる輩《やから》はいない。しかもその影はすうっと宙を浮いているかのように動き、人が歩いているようでもない。

弥七が戸を開けると、路地の先にゆらりと浮かぶ白い影が見えた。すぐに追いかけたのに、曲がり角に入ったと思ったら消えてしまう。その先は突き当たりで、小さな稲荷《いなり》が佇《たたず》むのみだ。

首を傾《かし》げながら部屋に戻ると、親分が泡を吹いて気を失っていたのだそうな。

どうやら幽霊に驚いてしまったらしい。叩き起こして明け方まで見張ったが、再び姿を現すことはなかった。

そのうちに親分は寝入ってしまい、いっこうに起きない。いつまでも長屋にいられちゃ迷惑だということで、大家のお条に叩きだされて戸板で運ばれてきたという顛《てん》末《まつ》だ。

「あっちから頼んだのに、朝になったら早く出ていけだなんて、ほんとあの大家の婆さんは大物よねえ。まあ、ぜんぜん起きない親分も悪いんだけどさ」

弥七はくつくつと笑い、銀次郎はきまり悪そうに「ふん」と鼻を鳴らす。

銀次郎は昼過ぎまで高いびきで寝た後、むくりと起き上がった。そのまま昼飯を掻き込んで今に至る。ちなみに幽霊に泡を吹いた話をお鈴が聞いたことは内緒にしていた。

「ほんとうに幽霊だったんですか」

気にするお鈴に、弥七は「どうだかねえ」と首を傾《かし》げる。

「幽霊かどうかは知らないけど、障子《しょうじ》に白い影が映ったのは間違いないわ。それに、あの滑るような動きは人じゃあない。というかお足がなくて浮いてるみたいだった」

「じゃあやっぱり」

「どうかしらねえ。親分は何か覚えてる」

「知らん」

「ともあれ、幽霊が出るっていう噂《うわさ》は本当だったわけね」

暑いはずなのに急に肌寒くなったように感じる。ぶるりとお鈴は体を震わせた。

その時、がらりと看板障子が開いた。

暖簾《のれん》をくぐってやってきたのは新之助だ。何やら慌《あわ》てた顔つきである。

「幽霊が出たと聞きましたが、みなさん無事ですか」

「このとおり両足もあるし、ぴんぴんしてるわよ」

ああよかった、と息をついて、新之助は床几《しょうぎ》に腰かけた。

「幽霊が出て親分さんが倒れたと聞いて駆け付けたのです。何事もなくよかった」

「どいつがそんなこと言いやがった」

よかったよかったとつぶやく新之助の一方で、銀次郎が真っ赤な顔で立ち上がる。

額《ひたい》から湯気がでそうな銀次郎を、弥七が「まあまあ」と宥《なだ》める。にやにやした顔をしているから、おおかた言いふらしたのは弥七なのだろう。お鈴の視線に気づいた弥七がぺろりと赤い舌を出した。

「しかし、幽霊が出るという噂《うわさ》は真《まこと》だったのですね」

「幽霊かどうかは知らないけど、何かは出たわね」

「そうですか。やはり、熊吉の幽霊でしたか」

「ううん、どうかしら。あたしは熊吉って人知らないしね。ねえ、親分は古い馴染《なじみ》なんでしょ。どう、熊吉さんだったのかい」

「知らん」

「もう、それじゃ分からないじゃないのよ。熊吉さんってどんな人なのさ」と弥七が食い下がる。

銀次郎はしぶしぶといった様子で語り始めた。

「熊吉の爺さんは、銭が大好きな爺さんだ。とにかく銭を出し渋るし、取り立てはびた一文負けやしねえ。とにかく銭しか信じねえ金貸しの権化《ごんげ》みたいな奴で、嫌われもんでな。どこかしらで悶着《もんちゃく》を起こして色んな長屋を渡り歩き、はみだし長屋に落ち着いたんだ」

「ふうん、使い残した銭にでも未練があって化けて出たのかねえ」

両手を下げて、うらめしやあと裏声を出す弥七。

ひいと声を上げる新之助に、「おい」と銀次郎が声をかけた。

「お条の婆さん、何かあったのか」

きょとんとする新之助に言葉を続ける。

「権蔵とかいう岡《おか》っ引《ぴ》きが長屋に来てたぞ」

「ああ、あいつですか」

新之助は苦い顔をした。

「あそこは変わった長屋ですからね。店賃を上げてもっとまともな店子《たなこ》を入れれば稼げると見込んで、大家株を売らせようとしている奴がいるそうなんです。権蔵はその手先になって、ちょっかいをかけてるらしいです」

「あの婆さんが売るわけねえだろう」

「そうなんですが、どうもお条にも色々あるようでして」

「色々だと」

「はい。お条のひとり息子は千住《せんじゅ》で商《あきな》いをしているのですが、どうも上手くいってないようで。店を畳むかどうかの瀬戸際らしく、金を工面していると噂《うわさ》です」

ううむ、と銀次郎が渋い顔で腕を組む。

「親分、詳しいのね」

「あの婆さんとは古い付き合いだからな」

「変わった長屋ってどういうことなのさ」

「あそこは婆さんの連れが始めた長屋だ。いまでこそ婆さんが大家だが、二人で商《あきな》いをして銭を貯め、大家株を手に入れた。自分達が貧乏だったから、貧乏人でも受け入れてやりたいと言って、安い店賃ではみだし者を受け入れているうちに付いた名がはみだし長屋だ」

「ああ、だからはみだし長屋っていうのね」

「あんな偏屈《へんくつ》な婆さんだが、爺さんの残した長屋を簡単に手放したりしねえはずだ。そういうわけか」

「しかも、このまま幽霊騒動が続くと新しい店子《たなこ》も現れず、今の店子も出ていってしまうから、ますます苦しくなるわねえ」

うううん、とみと屋に大きなため息が響いたのだった。

六

銀次郎と弥七は今日も幽霊探索に出かけていた。眩《まぶ》しい日差しが照り付ける中、よく出かけるものだとお鈴は思う。

がらんとしたみと屋に客はひとり。

小上がりで飯を食うお爺さんだ。

ここのところ度々訪れるようになったお爺さんは、今日も黒い着物を着て、背中をぐいと曲げている。

銀次郎に用があって来るのだが、なぜかいつも間が悪い。今日も銀次郎はおらず、しぶしぶ飯を食っている。さっきから「まずい」だの「飯が焦《こ》げてる」だのひとり言が多い。毎回こうして文句をつけてはお足を負けさせようとするので、慣れてしまった。

「ちいと負けてくれんかのう」

「できません」

ぴしゃりと撥《は》ねのけてから、お鈴は「あのう」と言う。

「銀次郎さんに用事でしたら、ほんとにちゃんと承《うけたまわ》りますけども」

「いやあ、いい」

「そんなに、あたしのことが信用ならないですか」

よほど大事な頼み事かもしれない。けれど、便りを出してくれだの、何日後にまた来るだの、いくらでも簡単な言伝はできるはずだ。どうしてそんなにかたくなに拒むのか。

「別にお前さんが嫌いなわけじゃあないよ」

お爺さんはひっひっと笑った。

「わしは人ってえやつを信じてないだけなんだよ」

そんなことを笑顔で言われたものだから、答えに窮《きゅう》する。

「勘違いしちゃいけねえが、人を憎んでるわけでもねえし、恨んでるわけでもねえ。なんていうか、人ってひとりだろう」

「そ、そんなこと」

いなくなったおとっつあん。得体《えたい》の知れない銀次郎と弥七。心の中を靄《もや》がすいとよぎった。

瞳の翳《かげ》りに気づいたのか、お爺さんがひひひと笑う。

「人ってのは根っからひとりなんだ。おぎゃあと生を受ける時もひとり。おっ死《ち》ぬ時もひとり。それが人だ。だから、てめえに都合が悪くなったら人を裏切るし、都合のいい時は上手いこと言う。それは当たり前のことだ。わしだってそうさ。嘘をついて、ごまかして、裏切ってきた。誰の助けも借りず、ずっとひとりで生きてきた」

有無を言わせぬその言葉に、お鈴は何も返せない。

お爺さんは「ずっと、ひとりだった」とぽつりとつぶやき、言った。

「だから、お前さんも簡単に人なんか信じちゃなんねえ。人に寄りかかったら、いつその心棒を外されるか分からねえ。信じるなら、銭を信じたほうがよっぽどいい」

懐《ふところ》から銭を出し、床几《しょうぎ》にぱちりと置く。

「銭は人と違って、絶対に裏切らねえからな」

そう言う横顔は、どこか寂しげに見えた。

＊

お鈴は手ぬぐいを持って、とぼとぼと歩いていた。

湯屋の帰り道。汗を流してさっぱりしたはずなのに、心に薄紙が張り付いたように、気持ちは沈んだままだ。

生きていくだけで精一杯だったけど、おとっつあんとおっかさんは毎日笑顔だった。店に余裕なんてなくても、腹を空《す》かせた人がいれば、飯を食わせてやる。おとっつあんがいなくなって途方に暮れた時は、長屋の人達が助けてくれた。

銭よりも大切なものがあるし、人は決してひとりなんかじゃない。そう思うのに、言葉にできなかった自分がもどかしかった。

たしかに人はひとりなのかもしれない。大好きだった両親がいなくなり、お鈴もひとりぼっちだ。自分が信じていた幸せなんてまやかしかもしれないし、そんな甘いことを言っていたら、この江戸の町では生き抜けないのかもしれない。

それでも。お爺さんの言葉を簡単に呑み込みたくはなかった。

「ささだけえ。ささだけえ」

七夕《たなばた》が近いから、あちらこちらで笹竹売りの声が響く。

ふさふさした竹の束を担ぐ人の姿をぼんやり眺めていると、「お鈴さんじゃないですか」と声をかけられる。

振り向いた先に、上品な着物を着た商人が立っていた。手に大きな風呂敷包みを持っている。どこかで見覚えがある顔にしばし思いを馳《は》せ、お鈴はぽんと手を叩く。

「仙一さん」

「やあ、ご無沙汰しています。こんなところでお会いするとは」

「お久しぶりです。仙太郎ちゃんも元気ですか」

「ええ、おかげさまで、家族仲良く暮らしております。本当にその節はありがとうございました」

深々と頭を下げる男は、紙問屋・高木屋の仙一だ。

「いえいえ、こちらこそです。あ、あの。頭を上げてください」

「ああ、すみません。どうですか、みと屋は繁盛してますか」

「え、ええ、まあ」

仙一の引き札のせいで、ますます客足が遠のいたとは言えず、お鈴は曖昧《あいまい》な笑みを浮かべた。

「仙一さんはお届けものですか」

「ああ、そうなのです。ほら、もうすぐ七夕でしょう。紙のお求めが殺到していて、てんやわんやです。今日も短冊《たんざく》用の紙をお屋敷にお届けにね」

「へえ、そんなにお忙しいんですね」

「そうなのですよ。特にお屋敷は盛大に七夕を祝いますからね。ご存じでしたか、お城では笹竹に五色《ごしき》の糸を張りわたして、色紙や短冊を吊るすそうですよ」

「それは素敵ですねえ」

「お求めがあったお屋敷には、とりわけ薄くてひらひらする紙をお選びさせていただいておりますよ」

仙一はにっこりわらって風呂敷包みをぽんと叩いた。

ふと思いついたように風呂敷に手を入れる。紙を取り出してお鈴に手渡した。

「そうだ、せっかくだから、これをどうぞ」

「え、そんな。申し訳ないです」

「多めに持ってきているから一枚くらい構いませんよ。せっかくの一年に一度のお祭りだ。お鈴さんも願い事を書いて笹に吊るすといいですよ」

「はい。ありがとうございます」

礼を言うと、仙一は去っていった。

貰った紙は絹のように柔らかく、雪のように軽い。すべすべした紙を撫《な》でているうちに、心のもやもやは消え去っていた。

七

「ううん、あともう一つくらい作っておいたほうがいいかしら。そうね。作りましょう」

小上がりでせっせと細工をする弥七。その横には山のような作り物が置かれていた。

弥七の向かいで銀次郎が不機嫌そうに煙管《キセル》をふかしている。

「そんなに作ってどうすんだ」

「だって七夕《たなばた》よ。一年の色んなお祈りをしなきゃ。これでも足りないくらいよ」

「だいたい、これは何なんだ」

「これはね、大福帳」

「それは」

「それは千両箱」

「あれは」

「あれは瓢箪《ひょうたん》よ。ああもう、気が散るから親分黙っててちょうだい」

細工を続ける弥七に、お鈴は白い紙を差し出した。

「弥七さん、これを短冊《たんざく》に使えませんか」

「あら、どうしたのお鈴ちゃん。ずいぶん上等な紙じゃない」

「きのう、仙一さんに貰ったんです。七夕だからって」

「へえ、よかったじゃない。使いましょう使いましょう。こんなに柔らかい紙、ひらひらして風によくなびきそうねえ」

弥七は紙を手に持ち、ひらりと宙にかざした。

白い紙は風を纏《まと》い、ふわりふわりと柔らかく揺れる。それを目で追っていると、銀次郎が「紙か」と言った。

「あの長屋で最初に幽霊を見た奴はどいつなんだ」

「えーと、そういえば誰だったかしら」

「幽霊の噂《うわさ》が流れるということは、最初に幽霊を見た奴がいるはずだろう」

「あれじゃないの、幽霊を怖がって長屋から出ていっちゃった人」

「だから、そいつはどいつなんだって言ってるんだ」

「知らないわよう、そんなの」

銀次郎と弥七のやりとりを聞いていて、お鈴は気になったことを口に出した。

「最初に幽霊を見た人は、どうして気づいたんでしょうね」

銀次郎の大きな目がぎろりとお鈴を見据《みす》えた。

またいらないことを言ったかと、思わずびくりと後ずさりをしてしまう。

「どういうことだ」

「い、いえ。だって、あたし、一度布団に入ったら朝まで起きないから、夜更けに起きるなんて凄《すご》いなって」

「もう、それはお鈴ちゃんが寝坊助なだけじゃない」

「そうですよね。変なこと言ってすみません」

えへへと頭を掻いていると、銀次郎が腕を組んで「いや」と言う。

「幽霊が音を立ててるわけでもねえ。そんな夜更けに家から出るわけもねえ。そのやろうはどうして気づいたんだ」

「どうしたの、親分、何か気になるの」

銀次郎はしばらくうむむと唸《うな》っていたが、突如はっと顔を上げた。

「明日、もう一度調べに行くぞ」

八

お鈴が運んできた膳《ぜん》を見て、お爺さんは目を丸くした。

「なんだい、こりゃあ」

お鈴はにっこり笑う。

机に置かれた膳には、つやつやと輝く白い束。

茹《ゆ》でて冷たい水でしめたそうめんだ。

本来は七夕《たなばた》の夕方に食べるものだから、一日早い。明日のためにと用意しておいたものを、特別に出すことにしたのだ。

「もうすぐ七夕ですから」

お爺さんは「そういやあそうだねえ」と箸を取った。

麺を取り、汁にちょんとつける。それをずずっと一口ですすった。

二口、三口。

つるつるりと口の中に入れていく。

いつもならば文句の一つ二つも出る頃だが、今日は黙って食べている。

その様子を見ながら、おずおずと尋ねた。

「あの、どうですか」

「何がだい」

「これなら、お爺さんも食べやすいかなと思ったんですが」

そう言うと、お爺さんは少し驚いた顔をして黙る。

宙で止めていた箸を、机に置いた。

「どうしてだい」

「え」

「わしが文句を言ったところで、たかだか客のひとりだ。気にしたってしかたないじゃあないか」

「そう、なんですけど」

お鈴は少し考え、ゆっくり言葉を紡《つむ》ぐ。

「あたしは、料理を食べてくれる人は、少しでも美味《おい》しく食べてほしいんです。そうして、腹だけじゃなくて心もちょっぴり満ちると嬉しいんです」

お爺さんが来るたびにこぼしていた「固い」「食べにくい」の言葉。それはお足を負けさせるための難癖かもしれないけれど、もしかしたら本当にそう思っているのではないかと思ったのだ。

「そんなことをしたって、一銭の得にもならねえ」

「そうですね」とお鈴は笑った。

「あたしは、誰かに美味しいって言ってもらえればそれでいいんです」

笊《ざる》に載ったそうめんは、白くつやつやと輝いて、天の川のように見える。

「織姫も彦星も、一年に一度会うことを楽しみにしていますよね。それがあるから、一年を頑張れる。それって恋人だけじゃなくて、友達も、お隣さんも、みんな同じだと思うんです。人ってちょっとずつ繋がって、幸せになっていくものじゃないかなって。あたしはそれが料理で繋がれたらいいなって思うんです」

「お前さん、青いことを言うねえ」

お爺さんはひっひっと口をすぼめて笑う。

上手く言葉にできなかったかもしれない。けれど、人は決してひとりではないし、きっと誰か、お爺さんと繋がっている人がいるということを、ただ伝えたかった。

厨房から、ふんわりと甘辛い匂いが漂《ただよ》ってきた。

「そうだ」とお鈴は手を叩く。

「味見してほしい料理があるんです。ちょっと待っててくださいね」

そう言い、厨房に戻る。

竈《かまど》にはさっきまで火にかけていた小鍋。その中から茶色いものをまな板に出す。

蒟蒻《こんにゃく》を細く切って塩でもみ、水洗いしてから出汁《だし》と醤油《しょうゆ》で煮て味をつけたものだ。

いい塩梅《あんばい》に色が付いているから味も馴染《なじ》んでいそうだ。

お爺さんに出すため、食べやすいようにさらに細《こま》かく刻んでから器に移す。

その次にゆで卵の殻《から》を剥《む》いた。それを割って中身だけ取り出し、よく裏ごしする。

こした黄身を先ほどの蒟蒻にかければ完成だ。

「よかったら味見してください」

店に戻り、器を差し出た。

お爺さんは目を開いてしげしげと眺める。箸も取らずに、じっと見つめていた。

「あの、どうかしましたか」

「いやあ、なんでもない」

やっと箸を取り、蒟蒻をつまむ。口の中に入れ、ゆっくりと噛《か》みしめて呑み込んだ。

「ああ」

しみじみした声が漏れる。

ああ、と再びつぶやく。今までと違うその様子に、お鈴は首を傾《かし》げた。

「どうして、お前さんがこいつを」

「長屋の大家さんに教えてもらったんです。試しに作ってみたところだったんで、味見してもらおうかと思ったんですけど」

熊吉に食べさせたという蒟蒻料理が気になったので、あれから長屋を訪れてお粂に教えてもらっていたのだ。もっとも相変わらず無駄話が長く、肝心の料理の話に入るまで半日を費《つい》やしたが。

「長屋の大家か。ああ、そうかい」

遠い目をして、何かを思い出したようにお爺さんが言う。

「あの、味はどうですか」

「まあ、そうだなあ」

そして、にやりと笑った。

「ちょっと醤油が濃いな。あと、わしには固い」

「やっぱりそうですよね。すみません」

お鈴はぺこりと頭を下げる。

「その大家ってのはぴんぴんしてるのかい」

「はい、お元気ですよ。ただ」

新之助の話が頭をよぎった。

「なんだか、大変みたいです」

「どういうことだい」

「息子さんの商売が上手くいってないとかで、長屋に悪そうな奴らが来たりして」と言いかけて、口を閉じる。

「すいません。あたし余計なこと言っちゃいました」

お爺さんは「いや」と言い、また蒟蒻《こんにゃく》を口に入れた。

茶色く煮締めた蒟蒻。そこに振りかけられた黄身が色鮮やかだ。

「この料理、井出《いで》の里って言うそうです」

お条から聞いた話を思い出して、ぽつりと言う。

「井出って山吹《やまぶき》の名所らしくて、上にかけた黄色が山吹の花みたいに美しいから井出の里って言うそうです」

お爺さんは一瞬目を丸くした。

そして、大声で笑い出す。ひいひい言いながら腹を抱えて大笑いする。

あまりに急で、何かおかしなことでも言っただろうかと不安になってしまう。

「あの、あたし変なこと言いましたか」

「ああ、おかしい。山吹《やまぶき》だなんて。あの婆さん、よく分かってやがる、ああおかしい」

お爺さんはしばらく笑い転げた後、「すまないねえ」と落ち着きを取り戻した。

「ちょいとね、前にこの料理を食べたことがあるんだよ。お節介な婆さんがいてなあ。なぜかこの料理ばっかりわしに食わせるんだ。なるほど山吹ねえ。金の色とはわしらしい」

何がおかしかったのかよく分からずきょとんとするお鈴に、お爺さんはにこりと笑う。なんだか憑《つ》きものが落ちたようにすっきりした笑顔だ。

「なるほど、ひとりじゃない、か」

「はあ」

ぼんやりしているお鈴を他所《よそ》に、お爺さんはよっこらせと立ち上がった。

懐《ふところ》から銭を出して、小上がりに置く。

ひっひっとひと笑いし、言った。

「あんたの料理、まあ悪くなかったよ」

しばし、お鈴はぽかんとした。

「あ、ありがとうございます」

はじめて褒めてもらえた。思いがけない言葉に嬉しさがこみ上げ、深く頭を下げる。

「ところでね。あんた、親分さんの代わりに頼まれ事をしてくれねえかい」

九

湿度のある暗闇。その向こうに、障子戸《しょうじど》がぼんやりと白く浮かぶ。

こんな時間まで起きていたことははじめてで、夜は真っ暗なものだと思っていたお鈴には少し意外だった。

夜って明るいんですね、とつぶやくと、今日は月が出ているだけだと銀次郎に一蹴《いっしゅう》された。

はみだし長屋の熊吉の部屋に、お鈴は銀次郎と座っている。

幽霊の正体を調べる銀次郎と弥七に握り飯を持ってきたのだが、「お前もいろ」と言われて残ることにした。銀次郎のいかつい顔で言われたら、断りたくとも断れないのだ。

どうして急にそんなことを言い出したのかはよく分からない。銀次郎に何か考えがあるのかもしれないし、もしかしたらただ単に、幽霊が恐ろしくて誰か側にいてほしかっただけなのかもしれない。ちなみに弥七はどこかに出かけていて部屋にはいない。

銀次郎と二人で闇夜を過ごす気づまりはあるが、お鈴には幽霊が怖いという感覚はなかった。

　幽霊なんていないと思っているわけではない。ただ、悪さをする幽霊ばかりではないと思うのだ。

「銀次郎さんは、幽霊って怖いですか」

「怖くねえって言ってるだろ」

「あたしも怖くないんです」

　ぽつりと言う。闇のとばりの中で、銀次郎がこちらを見た。

「だって、幽霊って死んだ人ですよね。二度と会えなくなってしまった人に会えるって、嬉しくもあるんじゃないかと思うんです」

　銀次郎の返事はなく、黙ったままだ。

「あたし、やっぱり変でしょうか」

「おめえ、幽霊に会いたいのか」

　少し考えて、こくりとうなずく。

「流行《はや》り病にかかったおっかさんは、みるみる体が弱って、あっという間に死んでしまいました。あまりに突然で、今でもよく覚えてないんです。もっとちゃんと、お別れを言いたかったのに」

　どこか遠くで、かすかに犬の遠吠えの声がした。

「だから、幽霊でもおっかさんに会えるなら、あたしは嬉しいです」

銀次郎は小さく「そうか」と言う。

「親父はいいのか」

「それはもちろん」と言いかけて止めた。

「いいえ、おとっつあんはいいんです」

銀次郎が意外そうな顔をする。

「おとっつあんは必ずどこかで生きてます。だから、幽霊でなんて会わなくていいんです」

しばし沈黙が下りた。

「親父は突然いなくなったのか」

お鈴は「はい」と答え、記憶を手繰《たぐ》り寄せる。

「いつもどおりに店をやっていたのに、ある日起きたらいなくなってました」

「心当たりはないのか」

「二、三日前にお武家様がおとっつあんを訪ねてきて、その日から様子がおかしかったような気がしますけど、よく分かりません」

ふむ、という声がした。

「お袋も何も知らなかったのか」

「おっかさんは何かを知ってるみたいでしたけど、あたしには明かしてくれませんでした。深いわけがあった、の一点張りで」

主をなくした店はどうすることもできず、畳んで人に渡した。それから病に臥《ふ》せっても、おっかさんは何も語ってくれなかった。そこに何があったのだろうか。子どもには話せない秘密があったのだろうか。

銀次郎は話を聞いて少し考え、「そうか」と言う。

「親父に、いつか会えるといいな」

ぶっきらぼうだが優しい言葉に、お鈴は「はい」とうなずいた。

「銀次郎さんは、会いたい人はいますか」

しんとした闇の中で尋ねてみる。余計なことを聞くなと叱《しか》られるかと思ったが、銀次郎は何も言わなかった。

かさりと着物がこすれる音がする。腕組みをしたのだろうか。

「娘だ」

意外な言葉に驚くというよりもぽかんとしてしまったものの、黙って銀次郎が言葉を継ぐのを待つ。

「ずいぶん若い時分にできた娘だった。俺は悪さばかりして、家になんて帰りゃあしねえ。ある日久しぶりに長屋に帰ったら、誰もいなかった。愛想をつかした女房が娘を連れて出ていっちまった」

銀次郎の娘は、父と会えなくなってどう思ったのだろう。やくざな親から自由になれて安心したのか、それとも寂しかったのか。

淡々と語る銀次郎は、自分を責めているように聞こえた。

「それっきり、今の今まで会ったこともねえ。こんな極道の家族なんて肩身が狭いだろうし、ろくに構ってなかったから顔すら覚えてねえ。そん時は何も思いやしなかった。だがな」

銀次郎は言葉を止めて、ふうと息をつく。

「あるお方と出会ってから、妙にあいつのことを思い出すようになっちまった」

「あるお方って、どんな人なんですか」

銀次郎はそこで口をつぐんだ。

急に静まり、暗闇が押し寄せる。その不自然な沈黙は、はじめて会った時の銀次郎の眼差《まなざ》しを思い出させた。

——心と身体が疲れた時には、まず飯だ。どうにもならねえと思った時こそ、飯を食う。旨《うま》いもんで腹いっぱいになれば、道も開ける。

そう言った時の、銀次郎の奇妙な眼差《まなざ》し。

もしかしてその言葉を銀次郎に教えたのは、おとっつあんなんだろうか。ただの考えすぎだろうか。

銀次郎は口を閉じたまま、何も答えてくれなかった。

ふと、視界の端で何か動いた気がした。

入り口を見ると、白々とした障子戸《しょうじど》に影が映っている。人影のようだが、ゆらゆらと上下左右に揺れていて、人の動きではない。戸の前に何かがいるのに、足音の一つもしなかった。

「ぎ、銀次郎さん」

お鈴は銀次郎に小声で呼びかける。

「出たか」と銀次郎は素早く立ち上がった。

顔は青ざめているが、今回は気を失うことはなさそうだ。そのまま土間に駆け下り、ばんと戸を開けて外に出る。お鈴も慌《あわ》てて続いた。

長屋の路地は狭く細長い。連《つら》なる障子やどぶ板を月の明かりが照らしている。

その先に。

ぼんやりと動く白い影。

ふわふわと宙に浮かび、どう見ても足はない。

――本当に、幽霊が出た。

怖くないと思っていたが、ざっと頭から血の気が引き、嫌な汗が滲《にじ》み出る。体が冷たい。逃げ出そうにも足が竦《すく》んで動けなかった。

その間に、幽霊はすいと宙を飛んで長屋の奥に向かう。銀次郎はそれを追いかける。恐ろしさがあったが、ひとり取り残されるのは嫌で、お鈴は震える足を叱咤《しった》しながら銀次郎の後に続いた。

幽霊は長屋の奥をくいと曲がる。

銀次郎とお鈴が続いて曲がった先には――

路地の突き当たりと小さな稲荷《いなり》。

そこには、何もいなかった。

「え、どうして」

呆然とつぶやくが、幽霊の影も形もない。

途方に暮れて銀次郎を見ると、腕組みをしてじっと空を見ている。妙に落ち着いた様子を奇妙に思っているところに――

「ぎゃっ」

動物が潰《つぶ》されたような悲鳴が、夜空に響き渡った。

「やっぱりか」

銀次郎が薄く笑う。

何が何やら分からずきょろきょろしていると、どさりと屋根から人が落ちてきた。

銀次郎とお鈴の目の前に落っこちたのは若い男。身じろぎ一つしないが、どうやら伸びているようだ。

「親分の言ったとおりだったわね」

突然、空から弥七の声が聞こえてきた。

見上げると、屋根の上で弥七が手を振っている。

「幽霊騒動はこいつの仕業よ」

弥七が持っていたのは、細長い竹竿《たけざお》と、白く大きな紙だった。

＊

「おやまあ、吾助《ごすけ》じゃないかい」

「婆さん、誰だそいつは」

「うちの店子《たなこ》だった奴だよ。この間までそこの部屋に住んでいたけど、幽霊が出る長屋なんて嫌だって出ていったのさ」

「長屋で幽霊を見たと騒ぎだしたのは、こいつじゃねえのか」

「よく覚えてないけど、そうだったはずだよ。ずいぶん幽霊幽霊って喚《わめ》いてたからさ。で、何がどうなってるんだい」

「こいつが、幽霊騒動の下手人なんだよ」

「なんだって」とお粂は絶句したが、すぐさま髪を逆立たせて怒り出した。

「なんとか住まわせてくれって頼み込むから部屋を貸してやったのに、なんて恩知らずだい。まったく、最近の若い奴らは本当になっちゃいないよ」

　あれから大家のお粂を叩き起こし、連れてきた。吾助というらしい男は、気を失ったまま縄でぐるぐる巻きにされている。

「あのう、何がどうなってるんですか」

　まだ事情がよく分かっていないお鈴は、銀次郎と弥七に尋ねた。

「幽霊なんて、はなからいなかったのさ。幽霊の正体はこいつ」

　弥七が竹竿と白い紙をひらひらさせた。

「竹竿の先に糸を付けて、紙を吊るしていたのよ。こいつは屋根の上にいて、竹竿を動かしていたってわけ。釣りとおんなじ要領ね」

「ああ、屋根の上にいたんですね」

　長屋の路地は狭く、庇《ひさし》がぶつかりそうだ。まず上を見ようと思わないし、見たとしても、屋根の上の様子はほとんど見えない。

「幽霊がいるように長屋の路地を動かして、角を曲がったところで引き上げ取り込んでたってわけね。親分に言われて屋根に隠れてたけど、一部始終をじっくり見せてもらったわ」

「でも、どうしてこんなことを」

「この長屋を手に入れるためだろう」

銀次郎が腕組みをして言った。

「長屋に幽霊が出るって噂《うわさ》を流して店子《たなこ》を減らす。そうして婆さんに長屋を手放させようって魂胆《こんたん》だ。熊吉爺さんが死んだのを上手く使いやがったのさ」

「まったく忌々《いまいま》しい奴だよ」

お粂が苦い顔をする。

「音も立てねえのに、こんな夜更けに幽霊に気づくのがおかしいんだ。障子《しょうじ》に影が映ったくらいじゃあ、たいして気にならねえ。でもそれが幽霊だと言われたら、急に幽霊だと思っちまう」

「からくりに気づくと、ただの紙にしか見えないのにねえ。あたしも最初に見た時は幽霊が出たんじゃないかと思っちゃったよ」

弥七が幽霊だった紙をひらひらさせながら言う。

「権蔵とかいうやろうも嚙《か》んでるかもしれねえから、こいつはいつもの同心にでも引き渡すんだな」

銀次郎が蹴りつけ、縄で縛られたままの男はうめき声を上げた。

「まあ、これで一件落着ね。さ、一眠りして、木戸が開いたら帰りましょ」

お鈴も長屋の部屋に戻ろうとして、足が止まった。

「お鈴ちゃん、どうしたの」

「いえ、ちょっと」と言いながら、傍《かたわ》らの稲荷《いなり》に近づく。

路地の突き当りには、小さな稲荷がある。赤い鳥居にはしめ縄が張られ、その奥には祠《ほこら》がちんまりと鎮座していた。祠は石で組まれた台座の上に載っている。

——祠の台座の後ろ。上から二つ目。右から三つ目の石を外してみな。

耳元でお爺さんのしゃがれ声が聞こえた。

祠の後ろに回り、かがみこむ。

上から二つ目、右から三つ目の石を数えて触ってみると、ぐらりと動く。力を入れると、石は簡単に外れた。その中にあったのは、小さな手ぬぐい包み。

「お鈴ちゃん、どうしたのそれ」

弥七が後ろからのぞきこむ。

「それが、この祠の台座の中に入っていたんです」

「何かしら。開けてみましょう」

手ぬぐいをそろそろと広げてゆく。包まれていたものが明らかになるにつれ、お鈴は言葉をなくし、弥七は「なんてまあ」と口に手を当てた。

そこに包まれていたもの。それは――

きらきらと輝く、何枚かの小判だ。

その色は、あの日お爺さんに出した井出の里によく似ていた。

十

開けたままの戸からは、柳《やなぎ》の木が見える。いつもは細長い葉を揺らしている柳だが、今日はずいぶん重そうだ。それもそのはず、笹竹の代わりに、白い短冊《たんざく》と弥七の作った飾りが色とりどりにつけられている。

風が吹いて、飾りと葉がかさかさと音を鳴らした。

「このたびは、本当にありがとうございました」

みと屋で新之助が深々と頭を下げる。銀次郎はそっぽを向いて「ふん」と鼻を鳴らした。

「結局、てめえが美味《おい》しいところ持っていっただけじゃねえか」

「本当におっしゃるとおりで面目《めんぼく》ございません。これはせめてもの御礼です」

新之助は持っていた包みを置く。

「あら、これ桔梗屋《ききょうや》の羊羹《ようかん》じゃない。張り込んだわねえ」

いやあと新之助が頭を掻いた。

「で、幽霊の下手人は吐いたのか」

「はい。さすがに言い逃れはできず、長屋に噂《うわさ》を流して幽霊がいるように見せかけたのは自分だと吐きました。ただ」

そこで少し言いよどむ。

「そそのかした黒幕までは白状させられませんでした。権蔵の指示なのは間違いないのですが、長屋に悪戯《いたずら》をしたかっただけの一点張りで」

「そうだろうな」

「どういうことですか」

まるで分かっていたかのような銀次郎の言葉に、お鈴は疑問を抱く。

「傷ついた者がいるわけでもなく、金を盗られたわけでもなく。ただ脅《おど》かしていただけなので、奉行所としてもあまり厳しい取り調べはできないのです。罪も軽いものになるでしょう」

「そんな」

お条さんの気丈な背中と小さく震える手が、瞼《まぶた》に浮かんだ。

「じゃあ、また嫌がらせを受けるかもしれないんですか」

「大丈夫だ」

銀次郎が腕を組んで言う。

「権蔵をけしかけていた奴らには、ちょいと釘を刺してやったからな」

「銀次郎さん、黒幕を知っているのですか」

新之助と弥七が驚き顔で詰《つ》め寄った。

「あれは表店《おもてだな》の仕業だ」

「表店って、どういうことなのよ」

「おめえ、下手人がどうやってあの長屋の屋根に上ったと思ってんだ」

「そんなの、ひらりと飛び移ればいいじゃない」

「ばかやろう。そんなことできるわけねえだろう」

さも当たり前のように言う弥七に、銀次郎は呆れた顔をする。

「そもそも町や長屋は夜、木戸を締めてるから、外から簡単に出入りができねえ。かといって屋根を伝って遠くから渡ってくりゃあさすがに見つかり、盗人《ぬすっと》と間違えられて御用になる。一番簡単なのは、長屋と繋がってる表店の二階から伝ってくることだ」

「なるほど、さすが親分ね」

「あの表店の旦那は昔からやんちゃなやろうでな、ぴんときてかまをかけたら、すぐに白状しやがった。権蔵の野郎に儲け話があると吹き込まれたみたいだな」

「嫌だねえ。日の当たる奴らが日陰者の居場所を奪おうとするってのは」

弥七が首を振ってしみじみ言う。

「しかし、それなら安心しました。あの金でお粂の息子の商売も持ち直したそうです。これで長屋も続けていけるでしょう」

あの夜、稲荷《いなり》の台座から見つけた小判は、そのままお粂に渡したのだった。

——お前さんがこの食いもんを教えた婆さんの長屋に行くことがあったら、頼みてえことがある。祠《ほこら》の台座の後ろ。上から二つ目。右から三つ目の石を外してみな。そこにあるもんを、その婆さんに渡してやってくれねえか。これまでの飯代だって伝えてくれ。

あの日、お爺さんから受けた奇妙な頼み事。それを果たしたのだが、まさか渡し物が小判だとは思いもしなかった。

「それにしても、お鈴ちゃん、なんであそこに小判があるなんて分かったのさ」

「よくみと屋に飯を食べにきていたお爺さんに頼まれたんです。あそこを調べてお粂さんに渡してやってくれって」

「へえ。じゃあ、はみだし長屋に縁のあるお爺さんだったのかしらねえ」

何やら考えていた銀次郎が、「おい」と口を挟んだ。怪訝《けげん》な顔をしている。

「その爺さん、どんななりをしていた」

「ええと、細くて骨ばってて、黒い着物をよく着てました。すっごく腰が曲がってました」

「顔は」

「頬骨が出ていて、眉がげじげじしていて。あ、よくひっひっと笑ってましたけど」

そこまで言ってお鈴は言葉を止めた。銀次郎が真っ青な顔をしていたからだ。

「親分、どうしたのさ」

銀次郎は神妙な顔をして、おもむろに口を開く。

「その爺さん、熊吉じゃねえのか」

「え、親分、熊吉って」

おそるおそる尋ねる弥七に、銀次郎は「ああ」と呻《うめ》いた。

「先月死んだ、長屋に住んでた烏金《からすがね》の爺さんだ」

急にびゅうと風が吹き、看板障子《かんばんしょうじ》ががたがた揺れた。

店にいた全員が顔を見合わせる。

そして、みと屋に大きな悲鳴が響いたのだった。

第四話　まんまるしら玉

一

お鈴は通りに水を撒《ま》く手を止めて、ふうと汗をぬぐった。

昼下がりといいつつ、お天道様《てんとうさま》はぎらぎらと強い日差しを投げかけている。

外にいるだけでじんわりと肌に汗の粒が滲《にじ》んでくる。

汗をかくのは好きではないが、この季節は好きだ。草木が生き生きとしていて、あたりを見回すだけで元気を貰える気がする。みと屋の前の柳《やなぎ》も、心なしかいつもより嬉しそうに揺れているように見える。

さやさやと気持ちよさそうにたなびく柳を見ていると、思わず笑みがこぼれた。

近寄り、ごつごつした幹にそっと手を当てる。

乾いた幹を撫《な》でていると、風に乗って声が聞こえてきた。

「お嬢さん、いけません。さ、帰りましょう」

「いやよ、わたしはお腹《なか》が空《す》いてるの。ちょうど店があるじゃない」

柳から顔を出してそっとのぞくと、若い男女が、店の前で何やら話していた。

お嬢さんと呼ばれた女は、結綿《ゆいわた》の髪に、房飾り付きの花簪《はなかんざし》。娘振袖は遠目にも質がいいのがよく分かり、どこぞの商家のお嬢さんと見受けられる。

小柄な男はお仕着せの着物のようだから、丁稚《でっち》だろうか。

「帰ったらすぐに食事を用意します。この店だけは、やめましょう」

「何よ、いつも茶店に行く時は何も言わないじゃない」

「茶店とはわけが違います」

男はきっぱりと言って、声を潜《ひそ》めた。

「お嬢さん、ご存じないんですか。この店は、やくざがやっている店らしいんですよ」

「それくらい、知ってるわよ」

「じゃあ、帰りましょう。もしくは別の店にいたしましょう」

「あら、怖いの」

お嬢さんは顎《あご》を上げてふふんと笑う。男はぐ、と言葉に詰《つ》まった顔をした。

「それならいいのよ。太助《たすけ》は先に帰りなさい。大丈夫よ、誰にも言いつけたりしないから」

「そ、そんなことはございません。こ、怖いなんてことは」

「じゃあ、行きましょ」

ずんずん進むお嬢さんと、「お待ちください」と止める男。

はたしてこれは、みと屋の奉公人として店に招き入れるべきか、止めるべきなのか。

お鈴がどうしたものかと逡巡《しゅんじゅん》していると、不安定な姿勢を取っていたからかつるりと滑った。

「きゃっ」

転びはしなかったが足が縺《もつ》れ、思わず声を漏らしてしまう。

おそるおそる顔を上げると、こちらを向いた二つの顔。

訝《いぶか》しげな眼とばっちり目が合い、お鈴は観念して足を踏み出した。

＊

「聞いていたのより、ずいぶんまっとうじゃない」

お嬢さんは店の中を無遠慮に見まわした。

お付きの男は体を縮めて、気配を殺そうとしている。

勝気そうなお嬢さんは、加代《かよ》と名乗った。

呉服問屋の大瀧屋《おおたきや》のひとり娘で、年は十六。お茶の稽古を怠《なま》けて、芝居を見に行った帰りなのだという。器量よしとまでは言わないが、愛嬌《あいきょう》のある顔つきで、頬のえくぼが印象的だ。

もうひとりの男は太助。年は十五で、大瀧屋で働く丁稚《でっち》だが、加代の付き人として面倒を見ているらしい。生真面目《きまじめ》そうな顔つきで、眉を寄せて辺りを窺《うかが》っている。十五にしては小柄で、年を聞かないと子どもと間違えそうだ。

店の前で二人と目が合ってしまったお鈴は、素性を名乗った。

若い娘が働いていることで少し安心したらしく、太助はしぶしぶ了承。二人はみと屋の暖簾《のれん》をくぐる。

いつもどおりの銀次郎の出迎えに太助は飛び上がったが、加代はけろりとして床几《しょうぎ》に腰を下ろしたのだった。


「あのう、どんなふうに聞かれていたんですか」

お茶を出しながらお鈴は尋ねた。

「やくざの店だから、毎日殺し屋や悪党が入り浸《いびた》り、夜な夜な賭場《とば》が開かれてるってもっぱらの噂《うわさ》よ」

なぜか得意そうに口を尖《とが》らす加代。「およしください」と太助が小声で窘《たしな》める。

巷《ちまた》では、ひどい噂が立っているようだ。

どおりでお客がちっとも来ないはずだ、と苦笑する。もっとも、殺し屋が入《い》り浸《びた》っているのは事実なのだが。

「そんなことはありませんよ。あたしも、最初はちょっと怖かったですけど」

ちらりと銀次郎に目をやる。

銀次郎はそっぽを向いて「ふん」と鼻を鳴らした。

ちなみに弥七はどこかへ出かけていて、店にいるのは銀次郎とお鈴のみだ。

「なあんだ、つまんないの」

「お嬢さん、やっぱり帰りましょう」

太助が加代の袖をつまんで引っ張る。

「もう店の中も見たし、十分でしょう」

「何言ってるのよ」

加代はその手を振り払い、目を輝かせた。

「ここは飯屋なんでしょう。わたし達、まだ料理を食べていないじゃない」

太助は肩を落とし、銀次郎はむっつりと腕組みをして、「飯二つだ」と言い放った。

＊

厨房に立つと、心が沸きたつ。

そこはお鈴にとって懐かしい場所であり、憧れの場所でもあるからだ。

おとっつあんの店でも厨房に立って、包丁を握らせてもらえることはあった。しかしそれはあくまで代理。おとっつあんが後ろに控えて、見習いという立場で料理をさせてもらっていた。

自分の腕がおとっつあんの足元にも及ばないことくらい、もちろん分かっていたけれど、だからこそ憧れだった。いつか自分が厨房の主として振る舞えるよう、おとっつあんの手さばきや味の感覚を盗もうと、ずっと目を凝《こ》らしていた。

いざ厨房を任されるようになって、おとっつあんの凄《すご》さをひしと噛《か》みしめる。料理の腕だけではなく、その膨大な知識。それを思い出すたびに自分はまだまだだと打ちのめされた。

それでも、任された以上は客のために全力で料理を作る。

たとえ、どれだけ変わった店だろうと。

今日の献立は、鮎《あゆ》の塩焼きとわかめの味噌汁、それに漬物だ。

鮎の初物は卯月《うづき》あたりから出回りはじめる。

初物は値が張るが、ずいぶん手が届くようになってきた。値が安くなってきただけでなく、鮎は脂《あぶら》の乗った今がいちばん旨《うま》いのだ。

煮物にしても美味《おい》しいが、魚本来の味を楽しんでもらうべく、塩焼きにする。

客で混雑していると一匹ずつ焼くのは大変だが、どうせめったに来ないからちょうどいい。

鮎《あゆ》に串を打って塩を振る。

魚の塩焼きは、塩の振り方が肝心だとおとっつあんは言った。

振りすぎると塩辛くなる。振らなければ味がない。魚本来の香りを引き立たせるように塩を振る、この加減が難しい。

掌《てのひら》を上に向けて、指の間からまんべんなく塩を振って、炭火にかけた。

焦《こ》がさぬように、しかし焼き目がつくように。くるくるひっくり返してもいけない。

加減を見極めて表裏を焼き、皿に盛りつけた。


「お待たせいたしました」

お鈴が膳《ぜん》を置くと、加代は目を丸くした。

「これ、なあに」

「鮎の塩焼きと、わかめの味噌汁。漬物です」

「へえ」と、箸を手に取る。

そっと身に箸を入れ、細《こま》かく骨を取り取り小さくむしって口に入れた。

「あったかい」

加代は驚いた顔をして、もう一口、二口と頬張る。

「あったかい魚って、こんなに美味しいのね。それにすっごく味が濃い」

「あたたかい魚が珍しいんですか」

つい問い返すと、太助が口を挟んだ。

「加代様は大瀧屋のお嬢さんです。万が一のことがないよう検《あらた》めてから食事をしていただいているので、どうしても冷たくなってしまうのです」

「なるほど、そうなんですか」

何でも出来たてを食べるのが一番だと思うが、そうもいかないのだろう。

呉服問屋に詳しくないので分かっていなかったが、加代はかなりの大店《おおだな》のお嬢様らしい。

「おい」と銀次郎のだみ声が響いた。

「そんな喰い方で、味が分かるわけねえだろ」

太助が「なっ」と声を上げたが、ひと睨《にら》みされてすぐに下を向く。

「鮎ってなあ、かぶりつくもんだ。ちまちま喰ってたらすぐに冷めちまう。がっ、といけ。がっ、と」

銀次郎が煙管《キセル》を鮎《あゆ》に見立て、かぶりつく真似をする。

加代はしばらく呆然としていたが、きっと鮎を睨《にら》んで箸を置いた。

「いけません、お嬢さん。はしたない」

太助が止めるのも聞かず、両手で頭と尾を持ち、小さな口を精一杯開けてかぶりつく。

皮ごと噛《か》みしめる。

二度、三度。

熱そうにしながらもその手は止まらない。

片面をあらかた食べ終えて、ほうと息をした。

「美味《おい》しい。塩気がちょうどよくて、皮がぱりぱりして。とっても美味しいわ」

しみじみした口調から察するに、どうやら満足してもらえたようだ。

銀次郎は「ふん」と鼻を鳴らしたが、少し嬉しそうだった。

太助は何か言いたげな顔をしながらも、もくもくと飯を食べている。

加代は袂《たもと》から懐紙《かいし》を取り出して口をちょいと拭《ぬぐ》った後、お鈴の顔を見た。

「ねえ、あなた、いくつ」

「あ、あたしですか。十六です」

「十六ですって、わたしと同じ年じゃない。それなのに、こんなに美味しい料理を作れるなんて凄いわねえ」

「いいえ、そんなことないです。まだまだおとっつあんみたいな料理は作れないし」

「いいえ、凄いわよ。ああ、わたしもあなたみたいになれたらなあ」

嬉しいのと同時に、無邪気な瞳に少しだけ心がちくりとした。

褒めてもらえたのは嬉しい。料理を作らせてもらえているのも嬉しい。でも、加代が着ている着物は、お鈴が一生かかっても着られそうにないものだ。

大店《おおだな》に生まれたというだけで恵まれているのに、それ以上何を望むというのだろう。

そんなことを思っていると、「ねえ」という言葉で現実に引き戻された。

「は、はい」

加代が顔をぐいと近づけてくるので、思わず一歩下がる。

「お友達になりましょう」

「はあ」

「ね、いいでしょう。わたし、あなたともっとおしゃべりしてみたいの」

おろおろして周りを見やるが、太助は渋い顔をしているし、銀次郎はむっつりと腕組みをしている。

どうしていいか分からず「はあ」と答えた。

「やった、これで今日からわたし達はお友達。ねえ、名前はなんていうの」

「鈴です」

「それじゃあ、お鈴ちゃんって呼ぶわね」

お鈴は引きつった笑みを浮かべた。

二

つるりとした黒っぽい皿に、白い懐紙《かいし》。すべすべした器にしか見えないが、きっと漆塗《うるしぬ》りだろう。そこに品よく盛られた黒くて四角いもの。練羊羹《ねりようかん》だ。

見た目の重厚さに反して、黒文字を入れるとするりと切れる。

切り分けた欠片《かけら》を刺し、おそるおそる口に運んだ。

口の中でほろりと溶けて、優しい味が広がる。

くどくなく、上品な甘みだ。

練羊羹を食べたのは初めてだが、きっと高級な砂糖を使った上等なものだろうとお鈴は思った。

そもそも今腰かけている床几《しょうぎ》にも、真っ赤な緋毛氈《ひもうせん》が敷かれているのだ。掌《てのひら》が吸い込まれそうに柔らかい。街中の茶店とは何もかもがわけが違う。いったいお足はどれくらいするのだろう。こんなもの食べてしまっていいのだろうか。

不安になって隣を見ると、加代が練羊羹をぺろりと平らげたところだった。

「ああ、やっぱりここの羊羹は美味《おい》しいわねえ。くどくないからいくらでも食べられちゃうわ。どう、お鈴ちゃんもう一つ食べましょう」

無邪気な笑みに、お鈴は慌《あわ》てて首を横に振った。


あれから加代はちょくちょくみと屋に遊びにきた。

飯を食べにくるというよりお鈴に会いにきているようで、色んなことをしゃべって帰っていく。もっとも話すというよりも、加代が一方的に自分のことをしゃべり、お鈴はそれを聞くだけなのだが。

その様子を銀次郎はむっつりとした顔で眺め、弥七は苦笑したり時々話に入ってきたり。

毎度ではないが太助も付いてきて、銀次郎に怯《おび》えながらもじっと加代を見守っていた。

そんなある日。

みと屋にやってきた加代が「ねえ、お鈴ちゃん、菓子でも食べに行きましょうよ」と言い出した。

「向島《むこうじま》に美味《おい》しい練羊羹《ねりようかん》の店があるの。ひとりだと行きづらいし、ねえ、一緒に行ってくれない」

突然のことに目を白黒させる。

「あたしそんなお店行ったことないです」

「じゃあなおさらよ。かかりは心配しないでね、わたしが持つから」

「でも、お店がありますし」

めったに客が来ないとはいえ、お鈴はみと屋の奉公人だ。勝手に出かけるわけにはいかない。

「あらいいじゃない」と弥七が口を挟んだ。

「せっかくだからさ、行っておいでよ」

「でも」

「大丈夫よ、客なんて来ないわよ」

弥七がからからと笑う。

「もし客が来たら、親分のまずい料理でも出してやればいいのさ。ほら、行った行った」

「決まりね、じゃあ行きましょう」

おろおろしているうちに加代に手を引っ張られ、店から連れ出される。

弥七がにこやかに手を振り、その後ろで銀次郎は「ふん」と鼻を鳴らした。


「今日は太助さん、いないんですね」

加代は練羊羹をもう一皿頼み、口に手を当てて幸せそうに頬張っている。

その横に、いつも控えている太助の姿はない。

影のように付いてきては加代にお小言をしているので、その姿が見えないのは珍しい。

「店で忙しそうにしていたから、その隙に抜けてきたのよ。太助がいるとお説教ばかりで嫌になっちゃうわ」

「太助さんはお店で働いてるんですか」

「そう。大瀧屋で丁稚《でっち》をしているんだけど、お目付け役でもあるの。もうわたしのことなんて放っておいてくれればいいのに。昔っから細《こま》かいことばっかり言うんだから」と膨れる加代。

「昔っから、ですか」

「幼馴染《おさななじみ》ってやつね」

「太助の親はうちの庭師なのよ。おとっつあんとも仲がよくて、息子には商《あきな》いを学ばせたいってことで大瀧屋に預けたらしいわ。年が近いから、小さい頃からお目付け役。そりゃあね、太助は昔からおつむもよくてしっかりしてたけど、お小言ばっかりなのよ」

「そうなんですか。でも、幼馴染《おさななじみ》ってなんだか羨《うらや》ましいです」

お鈴にも長屋で仲良しの子どもはいたが、幼馴染といえる関係ではなかった。だから素直な気持ちを口にしたのに、加代は「そんなことないわ」とむきになった。

「お鈴ちゃんも太助と一日一緒にいるといいわ。あれは駄目、これが駄目、あそこに行っちゃ駄目、とほんっとうるさいんだから」

口調を荒らげる加代だったが、「そんなことより」とお鈴に向き直り、持ったままの皿を置く。

「わたし、お鈴ちゃんと話したいことがあったの」

「なんでしょう」

急に神妙な口ぶりになり、お鈴はきょとんとした。

「恋の話よ」

加代はいたずらっぽく笑った。

加代には好きな人がいるらしい。

男ぶりがよく、役者のような二枚目。優しくて、加代のことをいつも褒めてくれる。しかも会うたびに簪《かんざし》やら紅やら小物を贈ってくれるらしい。

「政次《まさじ》さんはね、絵を描いてるの」

遠い目をして、歌うように言う。

「凄《すご》いですね。どんな絵を描いてるんですか」

「それは、まだ見せてもらっていないんだけど」

加代はわずかに口ごもったが、「でも、夢を持っているって素敵じゃない」ときらきらした瞳を向けた。

「わたし、どうにも惚《ほ》れっぽいんだけど、今度こそ本気なの。太助はあの男だけは駄目だってうるさいけど、あの人は間違いないわ。わたしの運命の人」

うんうん、とひとりでうなずき、「だからね」とお鈴の両手を掴む。

「だから、お鈴ちゃんもわたしの恋を応援してね」

「は、はあ」

曖昧《あいまい》な表情でお鈴の困惑を察したのか、加代は真剣な顔をした。

「だって友達でしょう」

——友達って、何だろう。

そんな思いが頭をかすめたが、お鈴はこくりとうなずく。

「ね、そういえば。お鈴ちゃんって誰か好きな人いるの」

「え、そんな人いませんよ」

「ほんとかしら、ほら、弥七さんなんていい男じゃない」

「いえ、それは違います」

真顔できっぱりと言う。

「つまんないの。じゃあ、どんな人が好きなの」

そう訊《き》かれて言葉に詰《つ》まった。

色んな顔が思い浮かんでは消えていく。

一瞬新之助が頭をよぎり、また消える。

物心ついた時からおとっつあんの店を手伝ってきた。おとっつあんがいなくなった後は、おっかさんの看病をして、今はみと屋で働いている。

誰かを好きになったことなんてなかったし、誰かを好きになれる暇なんてなかった。

どんな人が好きかなんて、考えたこともない。

加代が無邪気に首を傾《かし》げた。

胸がちくりとする。

「分からないです」

できるだけそっけなくならないよう気を付けて、お鈴は短く答えた。

三

ぱらぱらと、雨粒が屋根を叩く音がする。

ここのところ雨の日が増えた。

ただでさえ閑古鳥《かんこどり》が鳴いているのに、天気が悪くてはますます客足が遠のく。

厨房でぼんやりと雨音を聞いていると、看板障子《かんばんしょうじ》がからりと開いた。

「おう、客かい」

銀次郎が嬉しそうな声を上げ、すぐに「なんでぇ、おめぇかい」とむっつりする。

蛇の目傘《じゃのめがさ》を畳みながら店に入ってきたのは、新之助だった。

「やあ、どうも、すみません」

相変わらず銀次郎にびくつきながら床几《しょうぎ》に座る。

足元や肩が濡れていて、黒羽織の色が濃くなっていた。風邪でもひいてはいけないと、お鈴は手ぬぐいを持っていく。

「あの、冷えるとよくないので、よかったら拭いてください」

「これはお鈴さん。ああ、すみません。大切に、大切に使います」

「あ、いえ、ただの手ぬぐいなので」

「いえ、お鈴さんにお借りしたものなので」

「はあ」

「新之助さん、ちょっと久しぶりね」

弥七が隣の床几《しょうぎ》に腰かけ、楽しそうに話しかけた。

新之助はすっかりみと屋の常連になっていたが、ここしばらく顔を出す回数が減っていた。

「少し気になっている事件がありまして、それを調べているうちについご無沙汰に。あ、いえ、本当に来たかったんです。お鈴さんに何かあってはいけませんし」

「はいはい、気になるのはお鈴ちゃんね」と弥七がからかい、新之助は赤くなった。

「それで、今は何を調べているのさ」

「騙《かた》りです」

「騙りだと」

銀次郎が、煙管《キセル》を口に運ぼうとした手を止めた。

「はい」とうなずき、新之助は言葉を続ける。

「騙りが続いているのです。小さい頃に行方不明だった跡取り息子と偽《いつわ》って、店に入り込んで金を持ち出したり、いい儲け話があると近づいたり、様々な騙りが起きています。どれも手口が違うので、別々の事件と奉行所は考えていますが、私は下手人は同じではないかと踏んでいます」

「なぜそう思う」

「それがそのう」と急に声が小さくなる。

「なんだ、聞こえねえぞ」

「勘、なのです」

新之助は下を向いてぽつりと言った。

「証拠は何もないのですが、そんな気がするのです。これだけ騙りが続くことはあまりありません。一味が結託しているのなら手口が似るはずです。しかし、様々な手口で人を騙《だま》している。だから、ひとりの下手人が続けてやっているのではないかと思うのです」

銀次郎が、かん、と煙管を火鉢にぶつける。

「だとしたら、質《たち》が悪いな」

重い声だった。

「人様を騙すってのは癖になる。てめえでも何が真《まこと》か嘘か分からなくなっちまう。そのうちにその嘘に呑み込まれて、人様を騙くらかすことだけが楽しくなる。そいつはもう金のためにやってるんじゃねえ。騙すためにやってるんだろうよ」

新之助が深くうなずく。

「はい。私もそれを心配して調べているのですが、どうにもお手上げです」

店を暗い空気が覆《おお》った。

それを気遣ったのか、弥七が明るい声を出す。

「ねえ、そういえばさ。大瀧屋の加代って娘、知ってる」

新之助は宙を眺めて記憶を探るように「大瀧屋」とつぶやいていたが、「ああ」と手を打った。

「呉服問屋の大店《おおだな》ですね。加代といえばそのひとり娘のはずですが、どうかしましたか」

「それがね、みと屋によく来てて、お鈴ちゃんとすっかり仲良くなってるのさ」

「この店にですか」

驚いた声を上げると、銀次郎が「文句でもあるのかこのやろう」と怒鳴り、新之助は慌《あわ》てて首を左右に振る。

「ああ、でも確かに、あの娘さんなら」

「なに、どういうことなの」

「いえ、大瀧屋の加代といえば、なかなかのお転婆《てんば》で有名でして」

大瀧屋は江戸でも一、二を争う呉服問屋だ。日本橋の表通りに面した店構えは圧倒されるほど大きく、中ではたくさんの奉公人達がきびきび働き、手代が客に色とりどりの反物を見せている。お殿様や特別な人が入る裏口もあるそうで、どうしても店から外に持ち出せないものを見せるための部屋も設《しつら》えているという噂《うわさ》だ。

加代はそのひとり娘だった。

ずいぶん遅くにできた子だそうで、ふた親は蝶《ちょう》よ花よと大切に育てた。猫かわいがりと言ってもいいくらいに甘やかされた挙句、なかなかのお転婆娘になってしまった。

本人に悪気があるわけではないのだが、なにせ大切に育てられすぎたせいで世の中というものを知らない。つい首を突っ込んでは何かをやらかし、お目付け役の太助が尻拭《ぬぐ》いに奔走《ほんそう》するのだとか。

「また、加代といえば恋多き娘でも名が通っていまして」

新之助は苦笑した。

年頃の加代には縁談がひっきりなしに舞い込んでくる。

とても器量がいいわけではないが可愛らしい顔立ちをしているし、何より大店《おおだな》のひとり娘だ。大瀧屋と縁を結びたい者は数多い。

しかし加代はそれらの縁談には見向きもせず、色んな先々で恋に落ちる。やれ芝居の役者が二枚目だった、やれ料理屋の板前の声がよかった、やれ菓子屋の職人の手つきがよかっただの。すぐに惚《ほ》れてのぼせるがやがて冷める、の繰り返し。

本当はそろそろ決まった相手がいてもおかしくない年頃なのに、なにせ娘に甘い親なので、怒ることもしないのだとか。

「なるほど、そうでなきゃ、こんな店に入ってこないわよねえ」

笑い声を上げる弥七を、銀次郎が蹴飛ばした。

「またいい人ができたと、町ではもっぱらの評判らしいです」

「さすが新之助さん、だてに同心やってないわねえ」

「いやあ、それほどでは」と頭を掻く新之助。

「そんなじゃじゃ馬じゃあ、あのお付きの子も大変そうよね」

「ああ、太助ですね。でも、どうでしょうか」

「どういうこと」

「太助は丁稚《でっち》として店で働きながら、加代のお付きをしているそうです。仕事ぶりはとても真面目で客の覚えもよく、手代に推す声もあるそうですが、断っているらしいのです」

「へえ」と弥七はにやにや笑う。

「自分からお嬢さんのお付きを願い出てるんだ。いいねえ、若いって」

——お鈴ちゃんって誰か好きな人いるの。

新之助と弥七の話を横で聞いていて、お鈴は加代に問われたことを思い出した。

「あの」

視線が集まり、つい下を向いてしまう。

「恋って、したほうがいいんでしょうか」

「どうしたの、お鈴ちゃん」

「加代さんに、好きな人はいるのって、訊《き》かれたんです」

雨音が、すこし激しくなった。

「あたしはずっとお店を手伝っていて、誰かを好きになったことがないんです。どんな人を好きなのか自分でもよく分からないけど、加代さんみたいにもっと恋をしたほうがいいんじゃないかって」

上手に伝えられなくて、時折つっかえてしまう。

自分でも不器用な話し方をしていると思うが、皆は優しく見守ってくれた。

お鈴が話し終わったのを見て、弥七が微笑む。

「恋は、したほうがいいわね」

その言葉に肩を落とす。

「でもね、急ぐ必要なんてないの。大事なのは何度恋をするかじゃなくて、誰を好きになるかってこと。いつかお鈴ちゃんにとって大切だと思う人が目の前に現れたら、その時に恋をすればいい。そうじゃないのに無理をしたって心が擦《す》り減るだけ。そんな経験、馬の肥やしにもならないわ」

お鈴はゆっくり顔を上げた。

「だから、大丈夫。お鈴ちゃんは、そのままでいいのよ」

弥七の両手が肩をそっと包む。

掌《てのひら》から体温が伝わる。そのぬくもりが心に染み入ってくるようだ。

「弥七さん、ありがとうございます」

お鈴は深く頭を下げた。

「あ、あの」

新之助ががたりと立ち上がり、甲高《かんだか》い声を上げる。

「お、お鈴さんはとても、とても素敵な人なので、あの、必ずお鈴さんに相応《ふさわ》しい人が現れます、た、たたとえば、その、わ、私」

あたふたと狼狽《うろた》える新之助を見て、お鈴ははっと思い出した。

ぱん、と両手を打ち鳴らす。

「いけない、あたし新之助さんに料理を出すのを忘れてました。すぐに持ってきますね」

慌《あわ》てて厨房へ向かうお鈴の後ろでは、「もう、しっかりしなさいよ」と言う弥七の声と、銀次郎の「ふん」という鼻息が聞こえた。

四

分厚い雲が空を覆《おお》う。

久しぶりに雨はやんでいるが、通り過ぎる人は思っていたよりも少ない。

ただ、それは歩く人が少ないのか、違う道を通ってすれ違わないように逃げられているだけなのか。

もしも避けられているのならば理由はただ一つ。隣にいる銀次郎だ。

普通に通りを歩いているだけなのに、大股で闊《かっ》歩《ぽ》する様子はどうみても堅気ではなく、正直に言うと並んで歩きたくはない。

心の中で小さくため息をつき、少し離れるようにして進む。

お鈴は青菜を買いに行きたかっただけなのだが、出かける用事があるという銀次郎と重なり、なんだか一緒に歩くことになってしまった。

青菜は普通ならば棒手振《ぼてふ》りが売りにやってくるものだが、銀次郎を恐れて店の近くまで来てくれない。しかたなく八百屋まで青菜を買いに行くことにしているのだ。


みと屋で働きだして二月がたつ。

ずいぶん慣れてきたし、最初ほど銀次郎のことを恐れることはなくなった。しかし、それでもやはり怖いものは怖い。

ひきがえるのようないかつい顔で睨《にら》まれると、いまだに身が竦《すく》む。

弥七がいると得意の軽口で場を和《なご》ませてくれるが、二人だと何を話していいのか分からず沈黙が下りる。お鈴は口下手だし、基本的に無口な銀次郎の二人ではなおさらだ。

無言のまま歩いていると、ふいに銀次郎が「おい」と口を開いた。

横を見やると、ぶっきらぼうに「何か話せ」と言う。

いったい何を言い出すのだ。

何か話せと言うならば、自分が話せばいいではないか。そもそもどんな話をすればいいのだ。

頭がぐるぐるする中、ついと口からこぼれた問いがあった。

「銀次郎さんは、どうしてみと屋を始めたんですか」

ざっざっと草履《ぞうり》が踏みしめる砂の音がする。

銀次郎は前を向いたまま、何も答えない。

余計なことを聞いてしまったのだろうか。いや、そもそも銀次郎が何か話せと言うから悪いのではないか。何か別のことを話さねば。

お鈴が口を開こうとした時。

「助けられた」

銀次郎が前を向いたまま、ぼそりと言った。

「とあるお方に、俺は助けられた。だからみと屋を始めた」

懐かしむような、それでいて何かを堪《こら》えているような声だった。

それって、どういうことですか。

そう訊《き》こうとすると、急に袖をぐいと引かれる。

「おい、見ろ」

銀次郎の視線の先には、表通りの店を覗きながら歩く男女の姿があった。

結綿《ゆいわた》に、愛嬌《あいきょう》のあるえくぼ。

加代だ。

加代の隣にいるのは若い男。加代が話していた想い人だろうか。

小ざっぱりとしているものの、特別洒落《しゃれ》ているというわけではない。だが、たしかに顔立ちは整っている。主に加代が何かを話しかけているようで、それに男があいづちを打つ。白い手を口に当て、時折笑っているようだ。

なんだか見てはいけないものを見てしまったような気がして、お鈴は早く立ち去ろうと思ったのに、銀次郎が足を止めて動かない。

見ると、険しい目つきをしていた。

「おい、あの男は娘が惚《ほ》れてる奴か」

「は、はい。分かりませんけど、たぶんそうだと思います」

銀次郎はしばらく睨《にら》んでいたが、低い声を出した。

「あいつはよくねえな」

「どういうことですか」

あんなに幸せそうな二人に何を言うのだ。男もとりたてて変なところがあるようには思えない。むしろ銀次郎のほうがよほど「よくない」のではないか。

「嫌な目をしてやがる」

「目、ですか」

「あれはてめぇのことしか考えてねぇ目だ。びーどろみたいに何もねぇ目ん玉をしてやがるくせに、あの娘を見つめてやがる。やってることと、目が合ってねぇ」

そもそも距離が遠くてよく見えないうえ、そう言われてもさっぱり分からない。首を傾《かし》げているうちに、二人は通りを曲がって消えていく。

その後ろ姿を見届けると、銀次郎は鋭い目をしてどこかへひとりで歩いていった。

*

提《さ》げた手ぬぐいがぶらぶら揺れる。

その様子がなんだかおかしく、お鈴は手ぬぐいを宙に大きく振ってみた。

湯屋からの帰り道。滑らかになった肌が夕暮れの風を弾く。

汗ばむ空気になってきたから、いつにも増して湯屋帰りが気持ちいい。

軽い足取りでみと屋に帰ると、柳《やなぎ》の前に見覚えある背中が見えた。

「太助さん」

呼びかけに、びくっとその場で飛び上がる。

「あぁあ、お鈴さんでしたか。どうも」

「こんな所でどうしたんですか。今日はもう店じまいですけど」

「いえ、こちらにお嬢さんが来ていないかと思いまして」

「加代さんですか。いえ、いらしてないですけど」

「そうですか。失礼しました」

太助は肩を落とす。そのまま立ち去ろうとしたので、慌《あわ》てて呼び止めた。

「あの、加代さんがどうかしたんですか」

「実はお目付け中に撒《ま》かれてしまいまして。もしかしてここではないかと思ったのですが、やはり違いました」

「撒かれた」

「ええ、逢引《あいびき》の時はよく行方をくらまします。ここにいないということは、おそらくあいつとどこかへ行っているんでしょう」

「あいつって、政次とかいう人のことですか」

「お鈴さんもご存じでしたか」

そうです、と苦々しい声で言う。

「お嬢さんは、あいつに騙《だま》されてるんです。どうしてそれが分からないんだろう」

太助は政次のことをずいぶん毛嫌いしていると加代も言っていたが、どうしてそこまで反対するのだろうか。

「あのう、どうしてそう思うんですか」

「どうしてでしょう。理由なんて特にありません。もしかしたら私の言いがかりかもしれません。でもね」

風が吹いて、柳《やなぎ》の葉がしゃらりと舞う。

「手が、綺麗すぎるんですよ」

男の白い手が頭をよぎった。

絵師に知り合いはいないが、たしかに毎日絵を描いているのなら、もっと手が汚れているのではないか。加代と会うために特別な着物を下ろしたのかもしれないが、着物も綺麗すぎやしなかっただろうか。

「相手がどんな男だろうが、お嬢さんが幸せなら、私は構わないんです」

でも、と続ける。

「私には、お嬢さんが幸せのようには見えないんです。確かにあいつといる時は笑っているかもしれません。でも、私には泣いているように見えるのです。私の勝手なのかもしれません。でも、私はそれが許せないのです」

太助の声は淡々としているのに、叫んでいるように聞こえた。

夕暮れの陽が、その横顔を真っ赤に照らす。

「てっきり、加代さんに振り回されてるんだと思ってました」

ぽつりと言ったお鈴に、太助は「褒めてくれたんです」と遠い目をした。

「小さい頃の話です。お嬢さんが遊んでいた鞠《まり》が軒下《のきした》に入り込んでしまったんです。ずいぶん奥の狭い所まで転がって、大人では取りにいけない。だから、子どもの中でも体が小さい私が取りにいきました。泥だらけになって鞠を持ってきた私に、お嬢さんは満面の笑みでこう言ってくれたんです」

——凄いわね、太助。こんなことあなたにしかできないわ。

「私は、この小さい体が昔から嫌で嫌でたまりませんでした。仲間と比べても頭一つ小さくて、いつまでも子ども扱いされているようで、ずっと引け目に感じていました。それが、お嬢さんの一言でさあっと晴れたんです」

その口ぶりは過去を懐かしんでいるようだ。

「お嬢さんが恋多き娘だと言われているのは知っています。でも、それは人のいいところを見つけられる証《あかし》だと私は思うんです。だから、そんなお嬢さんに幸せになってほしい」

太助のまっすぐな言葉が、風に乗って消えてゆく。

「太助さんは、加代さんのことを大切に思ってらっしゃるんですね」

太助は薄く微笑み、少し寂しそうな口ぶりで言った。

「お説教ばかりしている私を、お嬢さんは煙《けむ》たく思っているでしょうけどね」

五

お鈴はみと屋の二階の小部屋で寝起きをしている。

夜風が窓から流れ込み、外から虫の音がかすかに聞こえてきた。

寝具にくるまり、お鈴はまんじりともできないまま寝返りを打つ。

今日はなかなか寝付けない。

昼間に見かけた加代と政次。二人のことを思い出していて、ふと両親の記憶が浮かんだのだ。

おとっつあんもおっかさんも、毎日店に立っていた。

早朝から仕込みを始め、店をしまうのは夜遅く。

お鈴が小さい頃はその世話もあっただろうし、二人で買い物に出かけたことはあったのだろうか。決して裕福とはいえない暮らしの中で、二人が欲しいものを買ったことがあっただろうか。

けれど、お鈴から見て二人はいつも幸せそうだった。笑い声が絶えなかったし、どんなに忙しくても、二人がそこにいるだけで温かかった。

二人それぞれが言いたいことを言い、お互いに受け入れていた。

それに、おとっつあんもおっかさんも、よく互いに見つめ合って、にっこり笑っていた。

そう思った時、ふと気づいた。

――なれそめを知らない。

仲睦《なかむつ》まじい二人だったが、いったいどこで出会ったのか、聞いたことがなかった。所帯を持った後に他所《よそ》から越してきて、店を開いたと話してもらったことはある。物心ついた時には店を手伝っていたから、自分の家とはあの店のことだったが、はたして二人の生まれはどこだったのか。

銀次郎は何か知っているのだろうか。

今度こそ。今度こそちゃんと銀次郎におとっつあんのことを訊《き》こう。

そう心に決めて、お鈴は目を閉じた。

六

「お嬢さん、自分が何をやったか分かってるんですか」

狭いみと屋に太助の悲鳴が響いた。

「なによ、わたしのやることなんて太助には関係ないでしょ、ほっといてよ」

「いいえ、おおありです。私はお嬢さんのお目付け役です。お嬢さんのやることは私のやることです」

「だいたい、見つかるなんて絶対おかしいわ。おとっつあんも普段見ない手提《てさ》げだったのに、どうして分かったのよ」

「そんなことより、何を考えているんですか。店の金をあんな男に渡そうとするなんて」

太助に凄《すご》い剣幕で叱《しか》られ、加代はぷいと横を向いた。

銀次郎は小上がりで腕を組み、しかめっ面をしている。こんな日に限って、仲裁してくれそうな弥七はいない。

お鈴はどうしたらいいか分からず、おろおろしながら見守っていた。

晴れた昼下がりのこと。

荒々しく看板障子《かんばんしょうじ》が開けられ、銀次郎が「客かい」と言う間もなく加代が飛び込んできたのだ。

急いで走ってきたのか、肩を激しく上下させながら、「ねえ、かくまってちょうだい。太助が来ても店に入れないで」と言うやいなや、太助も店に飛び込んできた。

「お嬢さん、なんてことをしたんです。さあ、店に帰りましょう。そして旦那様に謝りましょう」

「嫌よ、どうして謝らなきゃいけないの」

「何を言ってるんですか、さあ帰りましょう」

「嫌ったら、嫌」

太助の話を聞くと、どうやらこういうことらしかった。

大瀧屋の手提《てさ》げから金が消えていた。

帳場ではなく、加代の父の部屋に置いてある手提げだ。部屋は奥座敷にあり、奉公人達が見つからずに行ける場所ではないし、手提げも見つからぬ場所に隠していた。

これは身内の仕業に違いないと、加代の部屋を調べたところ、鏡台から金が出てきた。

普段は甘い父がさすがにきつく問いただしたところ、政次にやるつもりでいたという。

店の金を盗んだうえ、よく分からん男に渡すとは何事だと叱《しか》られ、店を飛び出してここに逃げてきた、というわけだ。

「絵を描くには道具がいるのよ。道具を買うのには銭がいるの。政次さんには一日も早く立派な絵師になってほしいから、ちょっと貸してあげるだけじゃない」

「絵師は誰でも道具がいるんです。あの男だけが特別なんじゃありません」

「政次さんには才能があるのよ。他の奴と一緒にしないでちょうだい」

「お嬢さん」と太助が低い声を出した。

「あの男が描いた絵を見たんですか」

加代は唇を噛《か》んで、下を向く。

「だいたい大瀧屋のお金はわたしのお金ということでしょう。自分のお金を好きに使って何が悪いのよ」

「違います、それはお嬢さんの金ではありません。旦那様や皆が働いた金です」

「なによ、太助に何が分かるっていうのよ」

おろおろしながら聞いていたお鈴の脳裏に、太助の言葉が蘇《よみがえ》った。

――お嬢さんが幸せなら、私は構わないんです。

太助は加代のためを思って言っているのに、なぜ分かろうとしないのだ。

「あの」とお鈴が思わず口を挟もうとした時だ。

「おい」

銀次郎の声に全員がびくりとする。

「お鈴、余計な口を挟むんじゃねえ」

てっきり二人に向けての言葉だと思っていたので、驚いた。

目を丸くするお鈴に、銀次郎は言う。

「てめえの人生はてめえのもんだ。好きにすりゃあいい。だからな、人の人生に口を出すってことは、それだけの覚悟を持たなきゃいけねえ。おめえにその覚悟があんのか」

鋭い眼差《まなざ》しで見据《みす》えられ、はっとする。

本当に加代のことを考えていたのだろうか。その上で口を挟もうとしていただろうか。

その覚悟は、あるのか。

「何かしてやりたいなら、おめえにしかできないことを考えるんだな」

ぶっきらぼうな口調だが、銀次郎が何を言いたいのかよく分かった。

お鈴は銀次郎の眼を見て、深くうなずく。

口論を続ける二人を残し、厨房へ向かった。

＊

ころりと転がる白いもの。それは卵だ。

ひびの入ったものを安く商《あきな》っていたので、銀次郎と弥七に出してやろうと思って購《あがな》っていたのだった。

ぱかりと割ると、ぷっくりした黄身が現れる。杓子《しゃくし》を使って、器用に黄身だけ取り出す。


友達がいなかったわけではない。

長屋に住んでいたから、周りの子ども達とは知り合いだったし、近所の人もよくしてくれた。おとっつあんがいなくなった後もなんとか生きてこられたのは、長屋の人達のおかげだ。

しかし、朝から晩まで店の手伝いをしていたお鈴にとって、家といえばおとっつあんの店だったし、そこが全てだった。

おとっつあんもおっかさんも、そんじょそこらの手習いの師匠より物知りだったから、読み書きなどは二人に教わっていた。あまり周りと関わることもなく、友達といえるほどの相手はいなかった。それに、お鈴が近所の子ども達と深く関わることを、両親はあまりよく思っていなかったような気がする。

だから、加代に「友達になりましょう」と言われた時、戸惑いながらも嬉しかったのだ。

あっちは自分とは比べものにならないお嬢さんだけれど、はじめてできた友達。

そして、はじめてお鈴のことを羨《うらや》ましいと言ってくれた人。

無邪気な加代をわがままだと思うこともあったけれど、今ならばしっかりと言える。

加代は大切な友達だ。

だから、なんとかして加代のことを止めてやりたかった。

政次という男が悪党なのかそうでないのかは分からないものの、そのために家から金を盗むのはよくないことだ。そしてそれを咎《とが》める太助の話を聞かないのもよくない。

お鈴にできることで、その思いを伝えたかった。

深い器に残った卵白。そこに「あるもの」を入れ、細《こま》かく回す。

細かく、丁寧に、素早く。なかなか大変だが、しっかりかき混ぜているうちに、だんだん泡立ってくる。汗ばむほどに混ぜていると、その泡はきめ細やかで滑らかになった。

同時に煮立たせていた吸いものの鍋の火を止め、そこに泡を掬《すく》って入れる。

すかさず蓋《ふた》をして待ちながら、お鈴はにっこり笑った。

店に戻ると、怒りのおさまらぬ加代が喚《わめ》いていた。

「もうやだ。いっつもお小言ばっかり。もういや、政次さんはわたしにそんなこと言いやしないもの。いつも褒めてくれるもの」

「それがよくないのです」

弥七がいないからか止める者がおらず、おさまる気配がない。

銀次郎は定位置の小上がりで煙管《キセル》をふかしていたが、いらいらと膝が小刻みに揺れて不機嫌そうだ。

お鈴はずいと二人の前に立ちはだかる。

ぐいと手に持った膳《ぜん》を差し出した。

「加代さん、食べて」

「何よこれ」

「加代さんのために作った飯よ」

「今はいいわ。そんな気分じゃないの」

そっぽを向こうとする加代の眼をまっすぐ見て、言う。

「飯は道を開くの。加代さんに大事なのは、心もお腹《なか》も満たされること。さあ、食べて」

その勢いに気圧《けお》されたようで、加代は「分かったわよ」とつぶやいた。

しぶしぶ床几《しょうぎ》に腰を下ろし、箸をとる。

お鈴が出した膳の上には、椀が一つ。

やさしい出汁《だし》の香りと共にふんわり湯気が立つ椀の中には、白くてふわふわしたものが浮いていた。

加代は「何これ」、と白いものを箸でつまんで口に入れる。

「あつっ、なに、ふわふわで口の中で溶ける。凄い」

椀を両手で持って、汁を飲んだ。

ゆっくりもう一口飲み、「ふう」と息をつく。もう一度白いものを食べる。

「優しい味がする。それに不思議な感じ。こんなもの食べたことないわ。ねえ、何なのこれ」

お鈴はにっこりと答える。

「しら玉よ」

「なあに、それ」

「卵白を泡立てたものを、吸いものの中に入れたの。鍋に蓋《ふた》をしてやると、しら玉みたいに固まるから、しら玉」

「へえ、面白いわね」

「これはね、加代さんのことを想いながら作ったの」

どういうこと、と加代は目をぱちくりさせた。

「しら玉は、卵の白身を茶筅《ちゃせん》でかき混ぜるの。箸だと泡がきめ細《こま》かくならないから、茶筅を使って泡立てるのよ」

加代はしげしげと椀の中を眺める。

「へえ、意外と手間がかかってるのね」

「そう。丁寧に細かく泡立てるのは手間がかかるの。つい怠《なま》けようと思ったりするけど、食べてくれる相手のことを思いながら、一生懸命向き合って泡立てる。それが大事なことなの」

加代は碗を見ながらお鈴の話を聞いている。

「本当に人を想うってことは、向き合うこと。それって、凄く大変なことだと思う」

加代ははっとして泣きそうな顔をした後、きっとお鈴を睨《にら》みつけた。

「何よそれ、わたしへの当てつけのつもりなの。お鈴ちゃんまでひどい。友達だと思ってたのに」

「友達、だからよ」

「え」

「友達だから、言うの。本当は加代さんの話を聞いてにこにこしているほうが楽だけど、大切な友達だから」

加代の顔がくしゃりと歪《ゆが》む。

「でも、でも。だって、政次さんは」

加代が駄々《だだ》を捏《こ》ねるように、両手を振る。

と――

ぱん、と鋭い音がみと屋に響いた。

気づくと加代が頬を押さえていた。太助が平手で張ったのだ。

「いいかげんになさってください」

ぴしりとした声だった。しかし太助の顔は、ぶたれた加代よりも辛《つら》そうで、目じりには涙が浮かんでいた。

「お嬢さんは騙《だま》されています。あの男は絵師になるという夢でお嬢さんを騙し、金を巻き上げようとしているだけなんです。私はお嬢さんにとって口うるさい男かもしれません。嫌ってもらって構いません。でも、私はお嬢さんに幸せになってほしいんです。だから」

加代はしばし呆然とした後、床にへたりこんだ。

涙がぽろりとこぼれる。

やがてえんえんと子どものような声を上げて泣き出した。

しばらく泣き続けた後、「分かってたのよ」とぽつりと言う。

「あの人が絵師じゃないことくらい、分かってたのよ。いっこうに絵は見せてくれないし、なんだかおかしいな、って思ってた」

「じゃあ、なんで」と言うお鈴に、加代は弱々しい笑みを見せた。

「わたしには何もないから。馬鹿だし、すぐ誰かを好きになるし。唯一の取り柄は大瀧屋の娘っていうことだけ。だから、お金を出せば好いてもらえるかな、と思って」

お鈴は菓子を食べに誘われた時のことを思い出す。

あの時も、かかりは加代が支払った。

政次と見て回っていたのも何かの店だ。

あれも政次に買ってやるためだったのだろうか。

何でも持っていると思っていた加代だが、心のうちにはそんな苦しみを抱えていたのか。

――お嬢さんが幸せのようには見えないんです。

太助の言葉が遠くで聞こえた。

「わたし、お鈴ちゃんが羨《うらや》ましかったの」

「え」と驚く。

「だってわたしと年も変わらないのに、こんなに美味《おい》しい料理を作れるんだもの。お鈴ちゃんの料理を食べて、わたしって何にもないんだなあって」

お鈴は床に膝をついて、加代と目を合わせた。

「わたしも、加代さんのことが羨ましかったの」

「わたしが大店《おおだな》の娘だから」

「最初はそう」と笑う。

「でも、今はちょっと違うわ。加代さんは人のことを好きになれる人だから」

加代は不思議そうに「人のことを好きに」と繰り返した。

「あたしは不器用で、おしゃべりも上手くなくて、びくびくしているけど、加代さんはいつも人のいいところを見つけて、そこを好きになれる。それって凄いことだと思うの」

加代はぼんやりした顔でお鈴を見ている。

「何もないなんてことはない。加代さんにしかない素敵なものがある。それにほら」

横を見た。つられて加代がそちらを向く。そこには顔をべしゃべしゃにした太助が立っていた。

「加代さんのことを本気で想ってくれてる人もいるじゃない」

加代は黙って笑う。今までとは違う笑顔だった。

「そろそろお邪魔していいかしらん」

耳元で声がして、お鈴は心底たまげた。

気づけば後ろに弥七が立っている。店にはいなかったはずだが、いつの間に入ってきたのだ。

加代も太助も今気づいたようで、突如現れた弥七に、驚愕《きょうがく》の眼差《まなざ》しを向けている。

「弥七さん、いつからいたんですか」

「なによ、さっきからよ。それよりいいわねえ、若さって感じ。お鈴ちゃんは堅苦しい言葉を使わないほうが可愛いわよ。お店でもそうすればいいじゃない」

加代に対して丁寧な言葉を使わなくなっていることに気づかれていたようだ。恥ずかしさで顔が赤くなる。

「そ、そんなことより、どうしたんですか」

「いやねえ、政次って奴のことを調べてきたのよ」

加代と太助が真剣な目を向けた。

「政次はなかなかの悪党ね。絵師なんてまるっきりの嘘。色んな名前を使い分けて色んなところで騙《かた》りを働いているみたい」

加代が深いため息をつく。分かっていたとはいえ、心のどこかでまだ信じたい気持ちがあったのだろう。真実を突き付けられて深く落ち込んでいた。

「そうでしたか」

「そんな悪党がお嬢さんを騙《だま》そうとしていたなんて許せません。とっちめてやりましょう」

太助が拳《こぶし》を握りしめて口調を荒らげる。

「やめときな、賭場《とば》とも繋がってるみたいだから、うかつに手を出すと危ないわ。金もとられずに済んだんだから、何もせず手を引いたほうがいいわよ」

「しかし、それではお嬢さんの気持ちが」

食い下がろうとする太助だったが、銀次郎の「やめとけ」という声で口を閉じた。

「ほっとけ。そのうち天罰が下らあ」

どこか意味深なその言葉に、一同は顔を見合わせた。

七

「ちょっと聞いて聞いて」

がらりと看板障子《かんばんしょうじ》が開いて、竜巻のように弥七が駆け込んできた。

「なんでえ、騒々しい」

「あの男がお縄になったんだって」

「どの男だよ」

「だからあの男よ」

「だから、どれだっつってんだ」

「だ、か、ら、加代ちゃんを誑《たぶら》かしてた政次って奴よ」

「本当ですか」

お鈴は目を丸くした。

弥七が調べたとおり、政次は稀代《きだい》の悪党だったそうだ。

いくつもの名前とねぐらを使い分け、年寄りから若い者まで色んな手管を使って懐《ふところ》に入り込み騙《だま》す。ある程度の金を手に入れたら行方をくらますが、その金は吉原で豪遊してあっという間に使い果たす。

もはや金ではなく、人を騙すことが目的になっていたという。

そんな政次だから、さすがに奉行所でも目を付けた者はいたらしい。

しかし、賭場《とば》の荒くれ者と繋がっているため、恐れて手を出さなかったり、それでも嗅ぎまわる相手には鼻薬を嗅がせて黙らせたりと、上手いことやってきたようだ。

しかし、今回捕まえにきたのは、脅《おど》しも賄賂《わいろ》も利かない真面目な同心。色々と足掻いたそうだが、証拠と十手《じって》を突き付けられてお縄になったのだとか。

「真面目な同心ってもしかして」

「そう、新之助さんよ」

弥七はからからと笑った。

「ずいぶん都合よく新之助さんに伝わったわよねえ。他の同心に話がいってたら、きっと丸め込まれていたでしょう」

お鈴の脳裏に、ある光景が浮かんだ。

大通りで加代と政次を見つけ、鋭い目で睨《にら》んでいた銀次郎。たしかその後、足早にどこかへ消えていったようだが。

お鈴の視線に気づいた銀次郎は、そっぽを向いて「ふん」と鼻を鳴らす。

「それにしてもさ、どうして親分は最初っから政次のことを話さなかったの」

「どういうことですか」

弥七の言葉が気になった。

「本当はね、政次の正体はもっと早くつきとめてたのよ。でも親分が、加代ちゃんが改心するまで黙ってろって言うから」

「そうだったんですか」

「そうよ。だからあたし、店のそばで聞き耳たててたんだから」

弥七の姿が見えないと思っていたら、近くに隠れていたのか。それにしてもいつから店にいたのか、さっぱり気づかなかった。

「ばかやろう。おめえが言っちゃあ意味がねえんだ」

「どういうことよ」

「おめえに政次の正体をばらされても、あの娘は納得しねえ。あの娘が自分の腹でけりをつけることに意味があるんだ。おめえの話はついでだ」

「ふうん」と弥七はにやにや笑う。

「ほんと親分は若い娘さんに優しいんだからあ」

「うるせえ、ばかやろう」

いつものようにじゃれ合う二人。

その後ろには、開け放たれた戸口から、柳《やなぎ》の木が見える。

しゃらりと葉が揺れた。

お鈴はある覚悟を決めた。

両手を握りしめ、銀次郎に近づく。

「あの、訊《き》きたいことがあります」

話を止め、銀次郎がぎろりと目を向ける。

何度見ても慣れない。鋭い眼差《まなざ》しに気圧《けお》されて、逃げ出したくなる。

やっぱりやめようか、と一瞬弱気になったが、両の手に力を入れて、足をふんばった。

ゆっくりと、口を開く。

「銀次郎さんは、おとっつあんのことを知ってるんですか」

弥七が銀次郎を見た。

銀次郎は険しい顔をして、ゆっくり腕を組む。

お鈴をじっと見つめるその眼の奥には、どこか迷いがあった。

みと屋に沈黙が落ちる。

しんとした空気が張りつめる中、銀次郎が口を開いた。

「俺はおめえのおとっつあんに助けられたんだ」

「えっ」

——おとっつあんが、銀次郎さんを助けた。

じゃあ、この店ができたきっかけは、おとっつあんだったのか。

「あ、あの、おとっつあんは今はどこにいるんですか。元気なんですか」

訊《き》きたいことがたくさんある。

言葉が頭をぐるぐる駆け回ってまとまらない。

ようやく出てきたのはそれだけだ。

しかし、銀次郎は険しい顔をしたまま、「知らねえ」とぼそりと言った。

「お願いです。知ってることを、どうか教えてください」

「知らねえって言ってるだろ」

荒々しくそう言うと、草履《ぞうり》に足を入れ、みと屋から出ていった。

弥七は珍しくおろおろした後、「ちょっと親分、待ちなよ」と銀次郎を追いかけていった。

誰もいなくなったみと屋はがらんとして広く見える。

その視界がぐにゃりと歪《ゆが》んだ。

瞳が涙でいっぱいになり、やがてぽたりぽたりと溢れる。

「おとっつあん」

お鈴はひとり涙を流しながら、そうつぶやいた。

第五話　茶色い握り飯

一

とんとんとん。
規則正しい音が聞こえる。
——おとっつあんの音だ。
ぼう、と目の前に背中が現れた。たすき掛けしている紺の着物に、がっしり広い肩幅。
間違いない。おとっつあんの背中だ。
どこに行ってたの。どうしてたの。
溢れる想いをこらえきれずに駆け寄り、抱きしめようとする。
そのとたん。
ふっ、と蝋燭《ろうそく》の火が消えたように、暗闇に包まれた。
——おとっつあんには深いわけがあったんだ。必ず帰ってくるよ。
どこからか、おっかさんの声が響く。

思わず涙がこぼれた。

ねえ、おとっつあんはどこに行ったの。おっかさんとおとっつあんは、どこで出会ったの。おっかさんは、何か知ってたの。

闇に向かって叫ぶ。

叫んだはずの声は虚空《こくう》に溶け、吸い込まれていく。

途方に暮れた時、耳元でだみ声が響いた。

――知らねえって言ってるだろ。

お鈴ははっと目を開けた。天井の染みがぼんやりと目に映る。

みと屋の二階のいつもの部屋だった。

どうやら夢を見ていたようだ。体全体が汗に濡れていて気持ちが悪い。

このところ、似たような夢をよく見る。

おとっつあんとおっかさんが出てきて、それでいてどこかへ行ってしまう。そんな夢だ。

そのたびに夜中に跳《は》ね起きる。その繰り返し。

部屋はまだ暗く、明け方にもなっていないようだ。

汗で濡れた寝巻を着替えようと、立ち上がる。

お鈴はふと窓の外を見やった。

薄ぼんやりとした闇のなか、静かに雨が降っていた。

二

葉月《はづき》も見えてきたというのに、雨の日が続いている。

少し晴れ間がのぞいたと思ったら、また長雨。その繰り返し。

だからいつにも増してというか、いつもどおり、みと屋は閑古鳥《かんこどり》が鳴いていた。

「ああ、いやねえ。こうも雨が続いちゃあ、心まで湿っちゃうわあ」

弥七は小上がりでだらんと寝転び、ぼやいた。

銀次郎が黙って煙管《キセル》を吸い、お鈴も無言で青菜を切る。

とんとん。とんとん。

まな板を打つ音だけが店に響く。

弥七は二人をじろりと睨《にら》み、「はあああ」とわざとらしく深いため息をつき、ごろりと転がった。

お鈴が銀次郎におとっつあんのことを問いただしてから、どうにもぎくしゃくした関係が続いている。

みと屋から出ていった銀次郎は、しばらくして何事もなかったかのように帰ってきたが、おとっつぁんのことは頑として話そうとしなかった。

それがあまりにも癪《しゃく》なので、お鈴も銀次郎に話しかけるのをやめ、こうして気まずい空気が漂《ただよ》っているのだ。

弥七がひとりでしゃべっているが、誰も応えないので、最近は拗《す》ねてごろごろしてばかりだ。

いつまでこうして意地を張ればいいのか分からない。

そもそも店の奉公人なわけだから、銀次郎の怒りを買えば首になることだってある。

それでも、お鈴にはこうするしか他に手立てがなかった。


ふいに、銀次郎が入り口に目をやった。

寝転んでいた弥七が音もなく立ち上がり、鋭い視線を走らせる。

思わず「どうしたんですか」と、お鈴は口に出していた。それくらい二人がただ事ではない空気を発していたのだ。

その声を無視して、二人は入り口を見つめる。

ふ、と雨の音が変わった気がした。

そのとたん。

ばん、と激しい音と共に看板障子《かんばんしょうじ》が蹴り倒され、たくさんの黒い人影がなだれ込んできた。

一気に入り込み、銀次郎を囲む。

黒い人影は皆、鎖小手《くさりごて》や脛当《すねあ》てで身を固め、それぞれ捕縛紐《ほばくひも》や十手《じって》を持っている。

奉行所の捕り方だ。

雨に濡れて体から雫《しずく》を垂らしながら、銀次郎を睨《にら》み、十手を突き付けている。

突然のことで何が何やら分からないでいると、「銀次郎とやら、上野屋《うえのや》のかどわかしの件、身に覚えがあろう」と、捕り方のひとりが前に出て、鋭い声を出した。

陣笠《じんがさ》に野袴《のばかま》を穿いているので与力だろうか。

「奉行所で取り調べを行う。神妙にいたせ」

同時に、周りの人影がぐいと囲みを狭める。

弥七は険しい目をしているが、さすがに動けずにいた。

――銀次郎が捕らえられようとしている。

やっとその状況を認識したお鈴は、思わず「待ってください」と叫んでいた。

「お待ちください。あの、これは何かの間違いです。銀次郎さんが、そんなこと」

「証拠もある。それにこやつは破落戸《ごろつき》ではないか。お前はそんな者を庇《かば》いだてしよう

「ご無礼申し訳ございません」

と言うのか」

与力が厳しい口調で言う。

「やめなさい、お鈴ちゃん」

弥七が制止し、微笑んだ。

「あいすみません。この娘は最近働きだしたばかりで何も知らないんで。ご無礼申し訳ございません」

「黙れ。そのほうも、この破落戸の仲間であることは調べがついているのだぞ。貴様も引っ立ててやろうか」

その言葉に弥七の気配が変わった。顔には笑みを貼り付けたまま、全身から殺気が立ち上っている。それを察したのか、捕り方も十手をぐいと構えなおす。

その時、ずっと黙っていた銀次郎がおもむろに立ち上がった。

一同がざわりとし、「お、大人しくいたせ」と十手を突き付ける。

銀次郎は捕り方をぎろりと睨み「ふん」と鼻を鳴らした。

「行くぞ」

ぐい、と両手を突き出す。

どうしたらいいか分からず、誰も動こうとしない。

「奉行所に連れていくんだろう。早くしろ、ばかやろう」

怒鳴り声にびくりとして、慌《あわ》てて近くの捕り方が銀次郎に縄を打った。
あまりに大人しく成されるままなので、与力や捕り方も当惑しているようだ。
「引っ立てい」
掛け声とともに、ぞろぞろと一同が店から出ていく。
銀次郎は後ろ手に縛られていたが、その背中はしゃんと伸びて堂々としていた。
暖簾《のれん》をくぐって外に出ていく瞬間。
お鈴は「銀次郎さん」と声をかけた。
銀次郎は一瞬立ち止まり、こちらを振り向く。
その眼は驚くほど優しく、慈愛に満ちていた。
ほんの少し眼差《まなざ》しが交錯した後、すぐにまた前を向き、捕り方達に連れられてゆく。
踏み荒らされた店内で、お鈴は呆然と立ち尽くしていた。

三

小鳥のさえずりが聞こえる。
気づけば朝になっていたようだ。

お鈴はぼんやりと目を開けた。

少し薄暗いみと屋が、いつもよりがらんとして見える。

土間に付いた泥や、蹴り倒された看板障子《かんばんしょうじ》などは直したが、店に残された傷は拭《ぬぐ》い去れない。床几《しょうぎ》の足や壁などに、捕り方が押し入った時に付けた跡が痛々しく残っていた。

あれから一晩。寝ることができずに、ずっとみと屋の床几に座っている。

銀次郎を信じる思いと信じられない思い。

色んなものが頭の中をぐるぐる駆け回る。

ぼうっと戸口を見つめていると、看板障子がそっと開いた。

「ちょっと、お鈴ちゃん。あんたこんなとこで何してるのさ。もしかして一晩中ここにいたの」

「あ、弥七さん」

「もう、ひどい顔してるわよ。早く顔を洗ってらっしゃい」

店にやってきたのは弥七だ。

「あの、銀次郎さんは、どうなったんですか。何があったんですか」

慌てて問うと、弥七は苦い顔をしながら手に持っていた紙を差し出す。

「親分、かどわかしの罪で捕えられたんだって。これが瓦版《かわらばん》よ」

日本橋の札差、上野屋の息子がかどわかしにあった。夕方になって姿が見えないと思っていたら、身代金を求める文が投げ込まれた。

――五日後までに千両を用意しろ。金がなければ子どもの命はない。

慌《あわ》てて奉行所に駆け込み、探索にあたったところ、ある男が怪しいとたれこみがあった。

かつてやくざの大親分で、極悪非道を尽くした男らしい。

男は大捕り物の末、見事捕まった。

まだ子どもは見つかっていないが、早く解放されてほしい。


「どういうことですか、これ。銀次郎さんは本当にかどわかしをしたんですか」

「そんなわけないじゃない」

弥七は腰をかがめて、お鈴の眼をしっかり見る。

「お鈴ちゃん、よく聞いて。親分はたしかにやくざの親分だったけど、曲がったことは大嫌いなの。特に子どものかどわかしなんて、昔っから絶対にやらなかったし、足を洗った今はなおさらよ。だから安心して。親分は絶対にやっちゃいない」

お鈴はこくりとうなずいた。

「何かの間違いか、もしくは」

弥七は険しい目になる。

「誰かにはめられたか」

銀次郎に恨みを抱いている者がいる。そういう可能性もあるのかもしれなかった。

「あたしは親分の濡《ぬ》れ衣《ぎぬ》を晴らすために、色々調べてくるわ。一日も早く親分を奉行所から出してあげなくちゃ」

「あの、あたしはどうしたら」

「お鈴ちゃんは心配しないで。とはいえ、みと屋を開けるのも難しいわよねえ」

店主が捕まえられて次の日から店を開けるのはどうかと思うし、お鈴自身もそんな気持ちにはなれない。

「まあ、お鈴ちゃんはまずゆっくり休みなさい。年頃の娘がそんな顔しちゃ駄目よ」

弥七はお鈴の頭にぽんと手を乗せ、立ち上がった。

「それじゃあ、また来るわね」と言い残して店を出ていく。

弥七がいなくなると、みと屋は静けさに包まれた。

これからどうしたらいいんだろう。

なんとか銀次郎を助けてやりたい。でも、心のどこかに、まだわだかまりがある。

恐いけど、いい人だと思っていたのだ。

でも、おとっつあんのことを隠していた。そしてまだ何かを隠している。

銀次郎を信じたいのに信じ切れない。

「おとっつあん、あたし、分かんないよ」

みと屋の天井を見つめ、お鈴はぽつりとつぶやいた。

＊

「お鈴ちゃん、お鈴ちゃん」

体を揺らされて目を開けると、すぐそこに加代の顔があった。

眉根を寄せて、ひどく心配そうだ。

「加代さん、どうしたの」

お鈴がぼんやり言うと、加代は目を吊り上げた。

「どうしたのじゃないわよ。心配して見にきたら、お鈴ちゃんが倒れてるじゃない。もう本当にどうしようと思ったわ」

ああ、よかった、とお鈴の手を握りしめる。その柔らかな手の感触が、心をほぐしてくれた。

「ごめんなさい。なんだか寝ちゃってたみたいで」

昨日から気持ちが張りつめて、疲れがたまっていたようだ。

弥七が去った後、小上がりで少し横になったところ、いつの間にか寝入っていた。

ゆっくり体を起こす。

「ほっぺに畳の跡がくっきりついてる。もう、お鈴ちゃん、ひどい顔よ」

弥七と同じことを言われて、苦笑する。

「あたし、そんなにひどい顔してるかしら」

「ひどい。もう、ほんとにひどいわよ」

加代がおどけて言い、二人でくすくす笑う。

ああ、久しぶりに笑った、と思った。

「ねえ、お鈴ちゃん、何があったの。親分さんがお縄になったと聞いて、飛んできたんだけど」

「あたしも、よく分からないの」

お鈴は弥七から聞いた話を伝える。

「大変じゃない。早く親分さんを助けないと」

「うん、そうなんだけど」

歯切れの悪いお鈴に、加代が眉をひそめた。

「もしかしたら、本当に銀次郎さんが悪いことをしたかもしれないし」

下を向いてぼそぼそ言うと、急に加代が両肩を掴んだ。驚いて顔を上げる。

「お鈴ちゃん」

「は、はい」

「何しょっぱいこと言ってるのよ」

「しょ、しょっぱい」

大店《おおだな》のお嬢さんが、なんという言葉を使うのだと目を丸くする。

「お鈴ちゃんが一番よく分かってるでしょう。親分さんがそんなことするはずない」

加代はお鈴の眼をしっかり見て、真剣な顔で言った。

「親分さんと何かあったのかもしれないけれど、それは聞かないわ。でも、お鈴ちゃんが迷ってるなら、わたしが言ってあげる。親分さんはそんなことする人じゃない。少なくとも今の親分さんはそんなことしない。だって、わたしを助けてくれたんだもの」

銀次郎と過ごした月日が頭をよぎる。

強面《こわもて》でぶっきらぼうで、いつも不機嫌そうにしていてすぐに怒鳴りつける。何を考えているのかよく分からないし、なんだか恐い。

でも。

みと屋に来る客の悩みをくみ取り、その助けになろうと陰ながら動いていたこと。

ぶっきらぼうな言動の裏に、素直になれない銀次郎の不器用さが隠れていること。何を考えているのか分からない厳《いか》めしい顔の奥には、優しさが詰《つ》まっていること。それらをお鈴は知っている。

やくざの親分として、陽の当たるところに出られる生き方はしていないのかもしれない。過去に悪さもたんまりしてきたのだろう。言えないこともあると思う。

でも、お鈴が見てきた今の銀次郎は、そんなことはない。誰よりも人として大切なものを心に持つ、かっこいい親分だ。

お鈴は加代の眼を見返し、力強くうなずいた。

「加代さん、ありがとう」

その様子を見て、加代が微笑む。

「いいのよ、だって、友達じゃない」

お鈴もにっこり笑った。

四

かどわかしが起きたのは日本橋の札差、上野屋だという。

札差といえば旗本の俸禄米《ほうろくまい》を金に換える両替商だ。武家への金貸しも行っていて、巨額の富を蓄《たくわ》えているという。

上野屋は、周りの表店《おもてだな》と比べても一際大きく、黒い看板と大暖簾《おおのれん》がものものしかった。

いつもは活気であふれているのだろうが、今は入り口は閉じられ、人気《ひとけ》がない。子どもを捜していてそれどころではないのだろう。

お鈴は通りの角から顔をのぞかせて、あたりをきょろきょろと見まわした。

銀次郎を信じて、無実を晴らす。

そう決めたものの、何から手を付ければいいか分からない。

とりあえず、かどわかしが起きたという店に聞き込みに行くことにしたのだ。

しかし、店が固く閉じられていては、事件について聞く術《すべ》はない。どうしたものかと思っていると、上野屋の勝手口が開き、小僧が外に出てくるのが見えた。

そそくさと近寄り、声をかける。

「あのう、すみません」

「はい、何でしょう」

小僧は利発そうな男の子だった。

「今日はお店は開けていないんですか」

「あいすみません。ちょいと事情がございまして、本日はお店を閉めさせていただいているんです」

「実は、瓦版《かわらばん》を見まして」

小僧は顔を強張らせ、ああ、という表情になる。

「かどわかしについて、少し話を聞かせてもらえないでしょうか」

「関りのない方にお話はできませんので」

固い声で言われ、いっそ銀次郎の話を打ち明けようかと思った。

しかし銀次郎の無実を晴らしたいと言っても、分かってはもらえないだろう。それに下手人と思《おぼ》しき男を庇《かば》う者が現れたら、店の人達の不安や怒りが増すかもしれない。

言い訳が思いつかず、「その、何かお力になれればと思いまして」と小さい声で言った。

小僧はわずかに表情をやわらげ「ありがとうございます」と頭を下げる。

「お気遣いはありがたいのですが、奉行所の人や、岡《おか》っ引《ぴ》きの旦那にお任せしていますので」

「そう、ですよね。すみません」

お鈴は、ははは、と作り笑いを浮かべた。その場を立ち去ろうとして、ふと尋ねる。

「あの、岡《おか》っ引《ぴ》きはどなたですか」

奉行所だけでなく、わざわざ岡っ引きという言葉が出てきたことが何故《なぜ》か気になったのだ。

小僧は怪訝《けげん》そうな顔をしながら言った。

「権蔵の旦那です。熱心に調べてくれていますし、前から出入りなさっているので、あの方ならきっと坊ちゃんを見つけ出してくれます」

小僧に礼を言って今度こそ上野屋を去ろうとした時、どこからか強い視線を感じた。

顔を上げ、あたりを見回す。

しかしそこにはいつもどおりの町並みが広がっているだけだった。

＊

みと屋に戻り看板障子《かんばんしょうじ》を開けると、床几《しょうぎ》に腰かける人影が見えた。

黒い羽織に朱房《しゅぶさ》の十手《じって》。

「新之助さん」

お鈴は驚いた声を上げた。

「ああ、お鈴さん。よかった、元気そうで」

「どうしたんですか。その、ここに来て大丈夫なんですか」

無実だと信じているが、店主がお縄になったばかりの店に同心が来て大丈夫なのか。

「いや、まあ、良いか悪いかで言うと、あまりよろしくはないのですが」

ははは、と新之助は頭を掻いた。

「しかし私は馴染《なじみ》の飯屋に来ただけなので、何か言われても問題はありません」

新之助の気遣いが伝わってきて、お鈴は黙って頭を下げる。

「それより、お鈴さんは大丈夫ですか。何かひどいことはされませんでしたか」

「はい。あたしは大丈夫です。あ、そういえば銀次郎さんは無事なんですか」

捕らわれてからどうなったのか。同心ならば何か知っているのではないか。そう思ったのだ。

新之助は少しためらい、苦い顔で口を開いた。

「親分さんは、大番屋で取り調べを受けていますが、いっさい口を開いていません。やったともやってないとも言わないし、一言もしゃべらないのです」

むっつりとした顔で黙ったままの銀次郎が容易に想像できる。

「しかし、このままでは、明日には牢屋敷に送られてしまうでしょう」

「え」

新之助はお鈴の目を見ようとせず、横を向いて続けた。

「子どもの命がかかっているので、少しでも早くしゃべらせようと奉行所も躍起《やっき》なのです。牢屋敷送りになると、厳しい責問が行われます。それまでに、なんとかしないと」

牢屋敷に入れられてしまえば、もはや有罪同然だ。その中では、罪を認めるまで厳しい責めが行われるという。

お鈴の心の中を暗雲が覆《おお》った。

不安そうなお鈴を見て、新之助が励ますように言う。

「でも、大丈夫です。必ず私が真《まこと》の下手人を捕らえます。だから、お鈴さんはくれぐれも心配しないでください」

「真のって、どういうことですか」

「親分さんは元やくざです。そのせいで、奉行所の中には碌《ろく》に調べようとせず親分さんが下手人だと決めつけている者もいます。でも、この事件には必ず裏があります。親分さんがかどわかしなんてするはずがない。私はそう信じています」

ここにも銀次郎を信じている人がいる。

新之助のきっぱりとした言葉を聞いて、お鈴は少しだけほっとした。

「よろしくお願いします」

深々と頭を下げる。

「はい。必ず下手人を捕らえます。そして、またちゃんと飯を食いに来ます」

「お待ちしてます」

お鈴はにっこり笑って答え、新之助は店を出ていった。

＊

「町方《まちかた》なんて碌な奴がいないと思ってたけど、新之助さんはいい男よねぇ」

後ろで声がして、お鈴は慌《あわ》てて振り向いた。

いつの間に帰ってきたのか、弥七が床几《しょうぎ》に座っている。

「や、弥七さん。いつからいたんですか」

「あら、さっきからいたわよ」

「いたなら言ってくれればいいじゃないですか」

「いやあね。新之助さんはさすがにあたしとは話しづらいでしょう。ほら、色々とね」

お鈴はともかく、銀次郎が下手人だとすると弥七が共犯ということも考えられる。もしかするとみと屋も見張られているのかもしれない。

そう思うと、たしかに新之助が弥七と話すのはあまりよろしくなかった。

「でも、明日には牢屋敷送りとはねえ。思ってたより時間がないわね」

「何か分かりましたか」

「芳《かんば》しくはないわね」

弥七が語ったところによると、かどわかしが起きたのは一昨日《おととい》のこと。いなくなったのは上野屋の息子で、五歳の利松《としまつ》。

昼過ぎから姿が見ないが、最近できた友達とどこかに遊びに行っているのだと思っていた。ところが、夕刻になっても戻らず心配しているところに、投げ文が届いた。

息子は預かっている。返してほしくば五日後までに千両を用意しろ。金がなければ息子の命はない。

それだけ書かれた文を握りしめ、店主が慌《あわ》てて奉行所に駆け込む。

奉行所が血眼《ちまなこ》で捜索していたところ、たれ込みがあった。

上野屋の近く、飯田橋の向こうで料理屋を開いている男を見た。元やくざの親分でずいぶん悪いことをしているらしい。

その情報をもとに、銀次郎が捕まえられたとのことだ。

「調べてみたけど、上野屋に怪しい男が出入りしてた形跡はない。さらわれた跡もないし、言い争った様子もない。手がかりがなかなかなくてねえ」

弥七は疲れた顔で言った。

店でかどわかすのは難しそうだ。それならば。

「友達と遊んだ先でかどわかされた、ということはないでしょうか」

「そうね、その可能性はあるわね」

弥七は少し考え、うん、とうなずく。

「よし、もうひと働きしてくるわ。あたしは近くの店にあたって、子ども達の足取りを追ってみる」

「あたしも連れていってください」

立ち上がったお鈴に、弥七は驚いた顔をした。

「駄目よ、お鈴ちゃんにそんな危ない真似させられない。あたしが親分にとっちめられちゃうわ」

「子どもの行方を追うなら、あたしが聞き込みをしたほうが不審に思われないはずです。それに、あたしも銀次郎さんを助けたいんです」

弥七はお鈴の目をじっと見た後、ううんと腕組みをして宙を眺める。

しばらく悩んだ後、ふう、と息をついた。

「分かったわ。でも、くれぐれも危ないことをしちゃ駄目よ」

五

弥七とやってきたのは再び上野屋だった。

変わらず店の門はぴったりと閉ざされている。

「ここから、子どもが連れだってどこかへ行ったとすると、そう遠くではないはず」

二人はぐるりとあたりを見回す。

日本橋の大通り。表店《おもてだな》には色んな店が立ち並ぶ。

「さて、どこから当たろうかしら」

お鈴はとある店を指さした。

「あたし、あそこの米屋で米を買ってるんです。よかったら話を聞いてきましょうか」

「あら、馴染《なじみ》がいるなら話が早いわね」

「あと、あそこの八百屋と、あの魚屋と」

思い当たる店を片っ端から上げていくと、弥七が目を丸くして、しみじみと言う。

「お鈴ちゃん、あんた強くなったわねえ」

目撃情報は、思いのほかあっさりと集まった。

子ども二人で定期的に遊んでいたらしく、その日もたしかに二人で歩いていた覚えがある――という証言が多く出る。

だが、それはあくまで「大通りをあっちに行った」くらい。大通りから離れると、お鈴達はどうしたらよいか途方に暮れた。

「そもそも、これくらい奉行所だって聞き込んでるはずなのよね」

「そうですよね。ここからどうしましょうか」

ぽつりぽつりと屋敷が見えるが、人気《ひとけ》はない。草の生《は》えた道がぼうと伸びている。

「とりあえず、このあたりを歩いてみようか」

「そうですね」

弥七とお鈴が道を歩いていると、人影が見えた。しゃがんで手元を見ながら何かをしている。

その丸まった背中になんだか見覚えがあり、お鈴は目を凝《こ》らす。

「あ」

思わず声を漏らした。

「どうしたの、お鈴ちゃん」

弥七に目もくれず、手を振り、声を張る。

「甚吉さんじゃないですか」

しゃがんでいた男は顔を上げてこちらを見た後、破顔して大きく手を振り返した。

「やあ、こんな所でお会いするとは」

「ちょっと甚吉さん久しぶりじゃない。元気なの」

「ええ、おかげさんで、なんとかやってやす」

「それならよかったけど、どうしたのよこんなとこで」

そう言って、弥七は顔をはっとさせた。

「ちょっとあんた、もしかしてまた仕事辞めたんじゃないでしょうね」

「いえいえ、違いやす」

甚吉は慌《あわ》てた顔で手を振った。

「おかげさんで、仕事は楽しくやれてやす。もう新之助様には頭が上がらねえで、はい」

苦笑しながら頭を掻く。

「時々息抜きにこの辺をぶらぶらしてるんでさあ。あと、こいつらの面倒もみないといけねえし」

視線につられて下を見ると、甚吉の足元にはかわいい子犬が三匹座っていた。

相変わらず動物の面倒見がいいようだ。

ふわふわの子犬が小さく鳴いた。

犬の面倒を見ているということは、この場所を頻繁に訪れているのではないだろうか。

「あの、もしかして一昨日《おととい》もこの辺にいませんでしたか」

「いやしたよ」

何気ない言葉に、つい身を乗り出す。

「もしかして、このあたりを歩く子どもを見ませんでしたか」

「ううん」と宙を見る甚吉。

「ねえ、どうなのさ、見たの」

じれったそうな弥七を尻目に、しばらくして「ああ」と甚吉はつぶやいた。

「そういえば、子ども二人で歩いてやした。片方が先導しているみたいで、変わってるなあ、と思ったんですよ」

「ねえ、どっちに行ったの」

「あの道の奥に歩いていきやしたねえ」

そう言って、分かれ道の片方を指した。

みと屋を出た時は陽が高かったが、いつのまにか夕暮れだ。空は赤くなり、あたりも少し薄暗くなっている。

そんな中、弥七とお鈴は無言で道を歩いていた。

通り過ぎる人はおらず、虫の音だけがそこここで響く。

やがて、道の先に影が見えてきた。

「弥七さん、あれ」

ぼんやりと浮かぶのは、どうやら寺らしかった。

夕闇の中で大きな黒い影が迫ってくるようにも見え、どこか不気味に感じる。

突然烏《からす》が遠くで鳴き、お鈴は背筋を震わせた。

不安を覚え、弥七を見る。

弥七は厳しい目つきで寺を睨《にら》んでいた。

しばらくして、お鈴の視線に気づき、顔をやわらげる。

「お鈴ちゃん、帰りましょう」

「え、でも、もしかしたらあそこに」

「もう暗いわ。いいから、いったん帰りましょう」

有無を言わさぬその口ぶりに、お鈴は黙ってうなずいた。

踵《きびす》を返したものの、もう一度寺を振り向く。

誰かに見られているような気がしたのだ。

振り返った先には、寺の影が無言で浮かんでいるだけだった。

暗い帰り道に、二人の足音が響く。

「あの寺に、利松ちゃんがいるんでしょうか」

「さあね。でも、その可能性は高いわね」

「利松ちゃんと遊んでた子どもも捕まってるんでしょうか」

「どうかしら。はなから悪党とぐるってこともあるわよ」

「どういうことですか」

隣を歩く弥七の顔は、闇にまぎれて表情が窺《うかが》えない。

「最初っから利松をかどわかす気で、友達になってたってことよ」

「そんな、子どもなのに」

「分からないけどね。そうだとしても、簡単じゃないわ。上手く友達にならなきゃいけないし、店を抜け出す時も、大人の目に付かない頃合いを狙わなきゃいけない。上野屋について知り尽くしてないと、こんなに手際よくいかないわ」

お鈴の中で、何かがひっかかった。

ううん、と唸《うな》る。

「どうしたのさ、お鈴ちゃん」

「見られてた」

「ん」

「最近、誰かに見られている気がしてたんです。本当かどうかは分からないけど、でも、知らない相手が見てたら気になりますよね」

「そりゃそうよね」

「でも、知ってる相手から見られていても、気になりませんよね」

「まあそうね」

弥七は不思議そうな顔をした。

「上野屋のことをじっくり見ていて不思議じゃない人だったら、利松ちゃんがどんな子どもで、どんな頃合いなら店が手薄になるかとか、よく分かるんじゃないでしょうか」

「なるほどね」と弥七は腕を組んだ。

「あたし、千両なんて額が大きすぎるのも気になるのよね」

「どういうことですか」

「そんな金、どんなお大尽《だいじん》だってすぐに用意できるわけがないのよ。本当に金を盗りたいなら、百両くらいにしておけばいいの。それに千両用意できたとしても、すっごい重さよ。運ぶ手立てを考えるだけで一苦労。周到なわりに辻褄《つじつま》が合わないのよね」

ううん、と考え込む弥七。

その時、お鈴の頭にひらめいた言葉があった。

「利」

弥七がお鈴の顔を見た。

「前に銀次郎さんが言ってましたよね。利があるかどうかって」

「ああ、お一分様《いちぶさま》の時だっけ」

「そうです。今回の事件も、誰に利があるかを整理して考えてみましょう」

「なるほどね」

「身代金が目的なら、利はそれです。でも、もし身代金が目的でないとしたら、何が利になるんでしょう」

「そんなことあるのかしら」

「子どもが欲しかったということもあるかもしれませんが、それなら身代金がいらないはずです。もし子どもが無事に見つかったとしたら」

弥七ははっとした顔をした。

「上野屋だったら、たんまり謝礼を払うわね」

「身代金が利ではなくて、子どもを見つけ出した謝礼が利になるとしたら、身代金の額が大きいのも辻褄が合う気がするんです」

「あんまり身代金が小さいと、お金を払えてしまうものね。ん、でもどっちにしろお金が利だとしたら、それでもいいんじゃないの」

「だから、利はほかにもあるんです」

「んもう、どういうことよ」

「お金だけでなく、上野屋にもっと食い込むこと。そうして、お金や色んなものを引き出すことが利だとしたら」

「ちょっと待って、お鈴ちゃん。もしかして」

「上野屋のことを見ていて不思議じゃない人。それに、金が欲しくて、上野屋にもっと食い込みたい人」

遠くで烏《からす》が一声鳴く。

「権蔵」

弥七が険しい顔で呻《うめ》くように言った。

「上野屋の小僧さんが、世話になってるいい人、と言っていたのがずっと気にかかっていたんです。あんまりよい噂《うわさ》を聞く人じゃなかったのに、おかしいなって。あの人は岡《おか》っ引《ぴ》きだから、上野屋を知り尽くしているはずです」

弥七が何かを言おうとして、急に足を止める。

「どうかしましたか」

「しっ」と手をかざす。

「お鈴ちゃん、静かにして。そこにいな」

弥七がくるりと振り返った。

さっき歩いてきた道。目を凝《こ》らすと闇が揺らぐ。

人の気配。それもひとりではなく、数人いるようだ。

この道の先にはあの寺しかない。間違いなくそこから来た奴らだ。お鈴の背筋に恐怖が走り、思わずその場にしゃがみこむ。

気づけば虫の鳴き声はぴたりと止まっていた。

「お鈴ちゃん、心配しなくて大丈夫よ」

背中を見せたまま弥七は優しく言い、闇に向かって声を張り上げた。

「あらあら、お迎えかしら」

その言葉に、迫る気配が足を止める。

きん、と小さな音がして、一瞬光が見えた。

——刀だ。

逃げなきゃ、と思うのに竦《すく》んで足が動かない。

「すぐ戻るわね」

茶店に寄ってくるような口ぶりで言い、弥七はつむじ風のように闇に走る。

そこから先は、舞を見ているようだった。

闇の中で白刃《はくじん》がきらめき、それに合わせて弥七の着物が躍《おど》る。

遠くて表情は見えないが、どことなく楽しげな雰囲気で、髪すれすれに刃をよけていた。時どき刀を受け止めているのは煙管《キセル》だろうか。

相手の気合と剣戟《けんげき》の音がしばらく響いた後、しんと静かになった。

ひたひたとやってくる足音に身を強張らせたお鈴だが、すぐに肩の力を抜いた。

「お鈴ちゃん、お待たせ」

戻ってきたのは弥七だ。

何事もなかったように涼しい顔をしている。

「弥七さん、よかった。怪我とかしてないですか」

お鈴は足に力を入れて立ち上がった。

「前にみと屋にきた破落戸《ごろつき》よりは骨があったけどね。二、三人くらいたいしたことないわよ」

目を凝《こ》らすと、闇の中で倒れている人影が見える。

「あの、もしかして殺したんですか」

弥七はふふっと笑い「大丈夫よ」と優しく言った。

「殺しはしないって、親分と約束してるからね。気を失ってるだけ」

みと屋までの道を歩きながら、ぽつりと弥七が言った。

「なんで親分がはめられたんだろうって、考えてたのよ」

確かに、身代金にしろその先の狙いがあるにしろ、銀次郎を犯人に仕立て上げる必要はあるのか。そう言われると気になる。

「加代ちゃんを誑《たぶら》かしてた政次っていたでしょ」

「はい」

「あいつは賭場《とば》の荒くれ者が後ろについてたんだけど、どうやらその元締めが権蔵らしいのよね」

「えっ」

「政次がお縄になって上がりが入らなくなっただけじゃなく、高木屋の件でも恥をかかされたでしょう。お粂婆さんの件もそう。権蔵にとって親分が邪魔な存在になってたとしたら、罪をかぶせることが利になるんじゃないかしら」

権蔵の蛇《へび》のような目つきが頭に浮かんだ。

やはり権蔵が真《まこと》の下手人なのだろうか。しかし、岡《おか》っ引《ぴ》きが本当にそんな悪事を働くのだろうか。

「それに、その荒くれ者が集《つど》ってた賭場ってね」

ずいぶん固い声音に、お鈴は弥七の顔を見た。

「さっきの寺なのよ」

弥七の顔は、闇に包まれて黒く染まっていた。

六

みと屋の二階の窓から見える柳《やなぎ》。

風に吹かれてふわりと揺れた。

その幹の陰からひょっこり銀次郎が出てきそうな気がするが、じっと見ていてもゆらゆらと揺れるばかり。

襲撃にあったものの、弥七とお鈴は無事にみと屋に戻ってきた。

昼から歩き通しでくたくたтака だったので、少し二階で休むことにしたのだ。

かどわかしの下手人は権蔵なのだろうか。そしてその罪を銀次郎に着せたのだろうか。

権蔵は岡《おか》っ引《ぴ》きで、銀次郎は元やくざだ。本来であれば逆のはず。

正しいとは何だろう。肩書とは何だろう。

自分がこれまで見ていたものは何だろう。

色んな考えが頭をよぎって消えていく。

どちらにせよ、今はなんとかして銀次郎を助けてやりたい。そして、今度こそちゃんとおとっつあんの話を訊《き》きたい。

そう強く思い、お鈴は小さくうなずき立ち上がった。

今日中に銀次郎を助けなければ牢屋敷送りになってしまう。

あの寺に子どもが捕らえられているとしたら、それを助けるのが真相を暴く一番の近道だ。きっと悪党がいっぱいいるだろうし、追っ手がやられたことに気づいて守りを固めているはずだ。どうやればいいか、弥七と相談しなければ。

お鈴が階下に行くと、みと屋はしんと静まりかえっていた。

「弥七さん」

呼びかけるが返事はない。

さっきまでここにいたはずなのに。

店の中を見回すが、弥七の姿は見当たらない。

ふと、床几《しょうぎ》の上に目が留まった。

紙が置かれている。

そこには、こう書かれていた。

お鈴ちゃん

ちょっと出かけてきます。

すぐに戻るから、心配しないで。

もしも明日の朝までに帰らなかったら、今日話したことを新之助さんに伝えてちょうだい。

いってきます。

弥七

のたくった字で書かれていたのは、弥七の書置きだ。

それを読んだ瞬間、お鈴はすべてを理解した。

弥七はお鈴を置いて、ひとりであの寺に向かったのだ。

いったんみと屋に戻ったのは、お鈴を危険に晒《さら》さないため。お鈴が二階で休んでいる間に、物音を立てずに出ていったに違いない。

さっと血の気が引いた。

確かに弥七はべらぼうに強い。しかし、賭場《とば》には荒くれ者や腕の立つ者も多いだろう。追っ手をやられて用心棒を増やしている可能性だってある。
二、三人なら軽いと言っていたが、それが二十人、三十人だったとしたら、いくら弥七とて太刀打《たちう》ちできるだろうか。殺しはせずに戦うなら、なおさらだ。
いや、それも分かった上で向かったに違いない。

いつもの軽口のようで、どこか覚悟の滲《にじ》む文面。お鈴は心の底から不安が湧き上がるのをどうにも抑えられなかった。

看板障子《かんばんしょうじ》を開けて駆け出す。

明日の朝まで待っていられない。まずは新之助に相談しよう。そう思い、八丁堀《はっちょうぼり》のほうへ向かう。

橋を渡ったところで、見覚えのある黒羽織が見えた。

「新之助さん」

自分でも驚くほど大きな声が出た。

新之助が驚いた顔で近寄ってくる。

「どうしたんですか、お鈴さん、そんな慌《あわ》てて」

「ちょうど、いいところに」

息が荒くてなかなか話せない。

「大丈夫、落ち着いて話してください」

「や、弥七さんが、寺に、子どもを助けに」

途切れ途切れになり、つっかえたり順番が入れ替わったりしながら、弥七と話したことや寺のこと、襲われたことなどを話す。

話を聞くうちに新之助の顔はどんどん険しくなっていった。

「だ、だから、弥七さんを、早く助けないと」

「分かりました。すぐに奉行所に戻って、この話を伝えます。ただ」

新之助は少し苦しそうな顔をした。

「しばし刻が必要かもしれません。奉行所を動かすとなると、さすがにそう容易にはいきません。すぐに動けるかどうか」

「そんな」

泣きそうなお鈴の顔を見て、新之助は肩に手を乗せた。

「しかし、必ずなんとかします。だから、お鈴さんはみと屋に戻っていてください。くれぐれも無茶な真似をしてはなりません。いいですね」

新之助は顔を引き締めて、「私は奉行所に戻ります。お鈴さん、ありがとうございます」と言い、道を駆け出していった。

早々に新之助に会えたのはよかったが、奉行所もすぐには動けないかもしれない、という事実はお鈴の心に暗い影を落とした。

こうしている今も、弥七が危ないかもしれない。

奉行所が動くのを待っていては駄目だ。

でも、お鈴が行っても足手まといになるだけだ。

強力な助っ人がいないか。何か手立てがないか。お鈴は思案をめぐらせる。

みと屋に来てからの思い出を振り返った。

狂言のかどわかし、お一分様《いちぶさま》、幽霊、虫屋、騙《かた》り、加代、色んな事件や出会いが駆け巡る。

そして、ひとりの男の顔が頭に浮かんだ。

＊

肺の腑が痛む。手足は鉛《なまり》のように重く、薄くしびれているようだ。

少しでも空気を取り込もうとするが、喉からはひゅうひゅうとかすれた音がする。

それでも、一刻でも早く。

目の前は暗く、足元もおぼつかない。今にも倒れそうになりながら、お鈴は川沿いの道を懸命に走っていた。

草履《ぞうり》の鼻緒が指に食い込み、皮がむけて血が滲《にじ》む。足がもつれて何度も転び、手足に擦《す》り傷《きず》をこしらえていた。

それでも、弥七と銀次郎を救うために。

お鈴はひたすら足を動かして「ある場所」へ向かった。

表通りの大きな店。今は扉を閉じているが、立派な構えで、看板には損料屋と黒々と書かれている。

そう、お鈴が向かった「ある場所」とは、損料屋の天草屋だった。

遠慮せず戸に拳《こぶし》をぶつける。

どんどん、と何回か叩いていると、そのうちに足音が聞こえ、戸が小さく開いた。

「悪いねえ、今日は店じまいなんですよ」と顔を出したのは四郎だ。

最初は少し煩《わずら》わしそうにしていたが、お鈴だと気づいたようで、「おや、お父さんを捜してた娘さんじゃないかい」と心配そうに言った。

「どうしたんだい、そんなに血相を変えて」

銀次郎が捕まったこと。下手人を追っていること。どうやら寺が怪しいこと。弥七がそこにひとりで乗り込んで、命があぶないこと。

不安と疲れで涙を流しながら、お鈴は話をする。

四郎はそれを黙って聞いていた。

「だから、お願いです。弥七さんを助けられるような人を、貸してほしいんです」

「ふうむ」と顎《あご》に手を当てる。

「事情はよく分かった。そうさね。たしかに手配はできる」

そこで少し言葉を切って、ぴしゃりと言った。

「でも、あんたにお足が払えるのかい」

ぞっとするほど整った顔つきで告げる様《さま》は、銀次郎と違った凄《すご》みがある。間違いなく四郎も「そちら側」の人間なのだと理解して、背筋が冷えた。

それでも。

「今は払えません。でも、何だってします。何年かかっても、色んな奉公をして、必ず払います。だから」

「こうした手配は裏の貸しものでね、普通の損料の払いとはわけが違うんだよ。それだけの覚悟があるのかい。下手したら岡場所に叩き売られちまうんだよ」

「分かってます。でも、天草屋さんしか頼れるところがなくて。どうしても助けたくて」

涙でべしゃべしゃになりながら、叫ぶように伝える。

四郎は顔色一つ変えずに言った。

「お前さんは、どうしてそんなに親分と弥七さんを助けたいんだい。ただの奉公人なんだろう。見捨てて新しく働ける店を見つければいいだけじゃないか。あんたの人生を賭ける道理が私には分からない」

たしかにそうだと思う。

お鈴はただの奉公人だ。二人を助ける必要などまるっきりない。

早々に新しい店を探せばいいだけなのだ。

だけど。

「好きなんです」

四郎が首を傾《かし》げた。

「銀次郎さんも、弥七さんも、みと屋も、みんな大好きなんです。いい人なのか悪い人なのか分かんないし、銀次郎さんはいつも怖いけど、でも、みんな大好きだから。だから、助けたいんです。だから」

その場にへたりこんで、下を見つめながら絞り出す。

流れ落ちる涙が地面に吸い込まれていく。

説明にはなっていないけれど、それが答えなのだろうと思う。

自分はあの店とあそこのみんなが、大好きなのだ。

だから、どうしても助けたいのだ。

もう一度、みと屋をやりたいのだ。

だから――

お鈴の肩に手が置かれた。

「もういいよ。脅《おど》かして悪かったね」

見上げると、優しく微笑んだ四郎の顔があった。

「なんとかしよう」

「ほんとうですか。あの、どれだけかかっても、お足は必ず払います」

「実は私もね、親分にはずいぶん世話になったのさ。これはその貸しを返すだけ。弥七さんには貸し一つだけどね」

そう言って笑った。

「それにね、あんたの気持ち、たしかに受け取ったよ」

座り込んだままきょとんとするお鈴に、四郎は続ける。

「こんなにまっすぐな目は久しぶりに見せてもらった。私達はとうになくしてしまったけど、とてもいい目をしてる。いつまでも、そのままでいておくれ」

ぽかんとしたままのお鈴に笑いかけ、四郎はすっくと立ち上がった。

「阿吽《あうん》！」

刃物のように鋭い声を出す。

と、音もなく、四郎の両脇に人が現れた。

全身柿色《かきいろ》の装束で、覆面の奥は目の光すら窺《うかが》えない。二人は片膝をついて四郎の両脇に控えた。

「この娘さんを助けておやり。傷一つ付けさせるんじゃないよ」

覆面の二人は静かにうなずく。

「あとはこの二人がなんとかしてくれるから安心しなさい。落ち着いたら、また遊びにおいで」

四郎は優しい目をしてそう言った。

*

夜道に馬の蹄《ひづめ》の音が響く。

寺に向かう道を疾走する、二頭の黒馬の音だ。

その一頭に乗るのは、柿色装束のひとりとお鈴。もう一頭には柿色装束のもう片方が乗っている。

お鈴はしっかりと柿色装束の胴に手を回しているが、揺れで振り落とされないようにするのが精一杯だ。

柿色装束の二人は、阿と吽という名らしい。本名ではないだろうし、二人とも同じ装束だからどちらが阿で吽なのかは分からないものの、とにかく助太刀《すけだち》をしてくれるようだ。

二人は一言もしゃべらず、事情を説明してもうなずくだけだったのに、すぐに黒い馬を連れてきた。馬も特別なのか、隆々とした体躯《たいく》で風のように速い。

――弥七さん、無事でいて。

馬の背で揺れながら、お鈴はひたすら弥七の無事を祈った。

寺が近づいてくるにつれ、風に乗って飛び交う声が聞こえてくる。

息を詰《つ》めて不安を押し殺す。

二頭の黒馬は寺の門を抜け、境内まで一気に駆け入った。

そこに広がっていた光景――

それは、数十人の男達に囲まれて血を流す弥七の姿だった。

片膝をつき、片手には小太刀を構えて、周りを窺っている。

目は爛々《らんらん》と燃えるように輝いていたが、全身に切り傷を負っており、着物が血で赤く染まって、今にも倒れそうにふらついていた。

「弥七さん」

馬の背から思わず声をかける。

驚いた顔つきで弥七がこちらを見た。

弥七に生まれた一瞬の隙。それを逃さず、周りの数人が切りかかる。

お鈴に気をとられて弥七の反応が遅れた。

危ない。そう叫ぼうとした瞬間、阿吽の手が動く。

同時に、弥七に襲い掛かった男達が膝から崩れ落ちる。見ると、その喉には棒のような手裏剣が深々と刺さっていた。

取り囲んでいた男達が声を上げ、こちらに襲い掛かる。

阿吽は馬を止め、集団の真ん中にひらりと降り立った。

背中に背負っていた短い刀を抜き、目にもとまらぬ速さで男達を切り倒していく。

弥七の強さも尋常ではなかったが、阿吽の凄《すさ》まじさは、その比ではない。

弥七がつむじ風だとしたら、まるで嵐だ。圧倒的な強さに男達はうろたえ、背を見せて逃げ出す者も現れる。

それらを草でも刈るように、阿吽はばったばったと切り倒していく。

「弥七さん、大丈夫ですか」

お鈴は慌《あわ》てて弥七に近寄った。安心したのか倒れそうになる弥七を支える。

「お鈴ちゃん、どうして、ここに」

か細い声で弥七が言った。

「四郎さんに頼んで連れてきてもらったんです。ああ、間に合ってよかった」

「どうりで、あんな化け物みたいな奴らがいるはずだわ」

弥七は薄く笑った。

「あんな化け物連れてきて、大丈夫なの。四郎さんに何か言われたりしてない」

「大丈夫です。銀次郎さんへの借りを返すって言ってました。でも、弥七さんには貸し一つだって」

「四郎さんに借りを作るなんて怖いねえ」

そう言ってくすくす笑い、お鈴も涙を流しながらうなずいた。

*

気づけば境内にいた輩《やから》は、阿吽があらかた退治をしたようだった。そこかしこで、男達がうめき声を上げながら倒れている。

辺りを見回していると、寺の中から阿吽が歩いてきた。その手に縄で縛られた権蔵を引きずっている。

ぼろぼろになっているのに、まだ威勢よく「このやろう、放せ」と喚《わめ》いていた。

阿吽は弥七とお鈴の前に、権蔵をぽんと転がす。

権蔵は二人を見て、口汚く罵《ののし》る。

「てめえら、何やってるか分かってんのか」

「あんたがしたことは全部割れてんのよ。いいからとっとと、かどわかした子どもを解放しな」

弥七の言葉にぐっ、と口ごもった権蔵だったが、すぐに言い返した。

「かどわかしの下手人は、おめえらの親分なんだろう。やっぱり捕まるだけあって碌《ろく》な奴じゃねえ。親が親なら子も子だな。こんな真似しやがって、覚えとけ。ただじゃあすまさねえ」

「あんたねえ」

弥七の全身から殺気が立ち昇る。

「弥七さん、落ち着いて」とお鈴は腕を掴んだ。

その時。

遠くから呼子の声が聞こえてくる。

ざわざわと足音がしたと思っているうちに、奉行所の捕り方が雪崩《なだ》れ込んできた。

地面に伸びている男達があっという間に縛り上げられていく。

気づけば阿吽は姿を消していた。

「お鈴さん」と新之助が近寄ってきた。

黒羽織ではなく、捕り方装束で身を固めていて物々しい。

「あれほど無茶をしてはいけないと言ったのに。ああ、でも無事でよかった。本当によかった」

お鈴の手を握って何度も繰り返す。

「新之助さん、すみません」

申し訳なさそうにうなだれるお鈴。

「ちょっと、あたしもいるんだけどさ」とむくれる弥七に、「弥七さんも無事でよかった」と新之助が付けたした。

「遅くなってすみませんでした。間に合ったかどうかは分かりませんが、お二人がご無事で本当によかった」

「おい、早くこっちを助けてくれ」

哀れんだ声を出した権蔵だったが、新之助は冷めた目で見下ろす。

「黙りなさい。このたびの貴様の所業、すべて調べがついたぞ」

「な、何を言ってるんで」

「さきほど寺の離れから利松が見つかった。利松を連れ出した子どもはお前の差し金だな。寺で賭場《とば》を開いていただけでなく、かどわかし、そしてその罪を他人に着せた罪は重いぞ」

厳しい新之助の言葉に権蔵はたじろいだ。しばし言葉を詰《つ》まらせるが、目に火をともし、卑屈そうに言う。

「そうはおっしゃいますがね、旦那。いいんですかい、こんなことをして。ここは寺ですぜ」

新之助がかすかに眉を顰《ひそ》めた。

「寺といえば寺社奉行の管轄だ。そろそろお迎えが来るんじゃないですかい。ほうら」

そう言って顎《あご》をしゃくった先には、同心の姿があった。

小太りで酷薄《こくはく》そうな顔つきの男だ。

「おお、権蔵ではないか。いったいこれはどうしたことだ」

男はわざとらしく声を張り上げ、でっぷりした腹をゆすりながらやってきた。

「わしは寺社奉行配下の沼田左衛門《ぬまたさえもん》である。貴様はどこの者だ。ここを寺社奉行管轄と知っての所業か」

「私は南町奉行所の内藤新之助と申します。かどわかしの救出と下手人の確保のため、寺社奉行様の地に足を踏み入れたことをお詫《わ》び申し上げます」

「貴様、それで済むと思っているのか。一介の同心風情《ふぜい》が、何をしているか分かっておるのか。ええい、早く権蔵を解き放たぬか」

青筋を立てる左衛門と、にたにたと笑う権蔵。

せっかく弥七を助けて下手人も捕まえたのに、どうしようもないのか。お鈴が途方に暮れた時、弥七が口を開いた。

「あんた、寺社奉行配下なんだ」

男がぎろりと睨《にら》む。

「この権蔵はさ、ある男に罪を着せて、それを助けるためにあたし達はこうしてぼろぼろになったのさ」

「それがどうした」

「その男の名はね」

弥七がふらつきながら左衛門に近づき、耳元で何かをささやく。

「って言うお人なんだけどさ」

それを聞いた左衛門の顔は、一瞬で真っ青になった。

驚くほど血の気が引いていて、紙切れのように白い。心なしか足も震えているようだ。

「旦那、どうしたんで」

旗色が悪くなったのを感じたのか、権蔵が心配そうに言う。

左衛門がゆっくりと権蔵を見た。

「貴様、なんということをしてくれた。手を出していい所と悪い所がある」

「だ、旦那」

「知らん。わしは何も知らん。この件は一切知らんし、何の関わりもない」

「それでは」と嬉しそうに声を上げる新之助に、「お前達の好きにするがいい。わしは帰る」と言い放つ。

「そんな」とつぶやく権蔵に一瞥《いちべつ》もくれず、左衛門はそそくさと立ち去った。

「さあ、権蔵。観念するがよい」

新之助の強い口調に、今度こそ権蔵は首《こうべ》を垂れたのだった。

七

ちゅんちゅんと雀《すずめ》の鳴き声が聞こえる。

看板障子《かんばんしょうじ》がからりと開いた。朝のまぶしい光が店内に差し込む。

暖簾《のれん》をくぐって入ってきたのは、いかつい体にひきがえるのような顔。

銀次郎だ。

「親分、無事でよかったわあ」

「うるせえ、暑苦しい」

抱きつく弥七を蹴っ飛ばす銀次郎。いつもどおりの光景だが、どことなく二人とも嬉しそうな気がする。

銀次郎と目が合った。

その目をじっと見て、お鈴は微笑む。

「銀次郎さん、おかえりなさい」

銀次郎は口の中でもごもごとつぶやいた後、「ふん」と鼻を鳴らした。


上野屋のかどわかしの下手人は権蔵だった。

かどわかした子どもを無事に助け出すことで、上野屋から多額の礼金をせしめるだけでなく、店に入り込んで金をむしりとったり、色んな便宜を図ってもらったりする心づもりだったらしい。

上野屋に目をつけて、よい岡《おか》っ引《び》きを演じながら、色んな情報を集めた。その中で利松に友達がおらず心寂しくしていることに気づき、その辺の子どもを使って信用させ、店の注意が薄くなる頃合いを見計らって寺まで呼び寄せて捕まえたらしい。

手下がその全てを行い、権蔵はそれを助けて店まで連れ帰るつもりだったそうな。銀次郎に罪を着せたのは、弥七の推察のとおり、裏の仕事を邪魔されて目障りだったからだ。

「お一分様《いちぶさま》の裏で行われていた押し込みの首領も、実は権蔵だったようなのです」

新之助からそう告げられて弥七とお鈴は心から驚いた。

盗賊の親玉には逃げられたと聞いていたが、まさか権蔵だったとは。銀次郎に恨みを抱いているはずである。

詮議の末にこれらの悪事がどんどん明るみに出た権蔵は、おそらく極刑を免《まぬが》れないだろう。

ともあれ、晴れて銀次郎の無実が明らかになり、事件から数日たってようやく解き放ちが決まったのである。

弥七とお鈴は、今か今かと帰りを待っていたのだった。

「ああ、でも本当によかったわあ。みと屋には親分がいなくちゃあ」

弥七が嬉しそうに言う。

銀次郎は小上がりの定位置に、どっかと腰を下ろした。

その姿はいつもと変わらないが、ずいぶん疲れているように見える。

無理もない。拷問は受けていないとはいえ、厳しい詮議を受けてきたのだ。心身ともに参っているだろう。

少しでも、以前のように元気になるように――

お鈴はそっと厨房に入った。

用意していた「あるもの」を持ち、戻ってくる。

「銀次郎さん、よかったらこれ、食べてください」

目の前に置かれたものを見て、銀次郎は目を見開いた。

「お鈴ちゃん、なあに、これ」

弥七がのぞき込み、声をかける。

銀次郎の前に置かれた皿には茶色の握り飯があった。

「茶飯です。茶汁で炊いた飯に、大豆を混ぜてます」

「へえ、だから茶色いんだねえ」

「心と身体が疲れた時は、まず飯です。さあ、食べてください」

銀次郎は目の前のそれをじっと見て何かを考えていたが、おずおずと手に取り、口に入れる。

嚙《か》みしめるようにゆっくり食べ、呑み込む。

その姿を、お鈴はじっと見守った。

と。

ぽたり、と何かが落ちる。

ぽたり、ぽたり。

銀次郎は握り飯を頬張りながら、無言で涙を流していた。

「ぎ、銀次郎さん、どうかしたんですか」

銀次郎が戻ってきたら、必ずこれを食わせてやろうと思っていたのだが、もしかして苦手だったのか。

そう心配していると——

「同じ味だ」

銀次郎がしんみりした口調で言う。

「あの時と、同じ味だ」

「あの時って、もしかして」

銀次郎はああ、とうなずいた。

「おめえの親父さんに助けてもらった時だ」

＊

銀次郎はかつて川向こうの親分として名を馳《は》せていた。

殺しはしないし、弱い者を傷つけもしない。何かあれば地元の人を守り、奉行だろうが殿様だろうが、縄張りを侵し、仲間を傷つける奴とは徹底的に戦った。自分なりに筋は通してきたと思っている。

とはいえ陽のあたる生き方ではない。

悪いことを数えきれないほどやったし、人を傷つけたこともある。しょせんは破落戸《ごろつき》だ。周りは自分を慕っていると言おうとも、同時に怯《おび》えていることだって分かっていた。親分、親分と持ち上げる奴らの目の奥は笑っていない。

ある日、そんな生き方にほとほと嫌気がさしたのだ。

どこか遠くで、ひっそりと誰にも迷惑をかけずに死のう。

急にそう思い立って、銀次郎はふらりと旅立った。

ちょうど去年の年の瀬。

何も持たず着の身着のままで歩き出した銀次郎の体はどんどん冷え、千住《せんじゅ》のあたりに辿りついた時には、こちこちになっていた。

意識もおぼろげになり、体がふらつく。

ゆっくりと倒れながら、いよいよここで死ぬのかと目を閉じた。

次第に意識が闇に包まれ――

次に目を開けたのは、ある料理屋の小上がりだった。

眼前には、端整な男の顔。

「なぜ助けた」とののしる銀次郎を無視して、男は黙って介抱してくれた。

やがて起き上がれるようになった頃。男が銀次郎に渡したのは、握り飯だった。

その握り飯は茶色くて香ばしく、ほのかに甘みがあり、とてつもなく、旨《うま》かった。

これまでたくさんの豪勢な食事を食べてきた銀次郎だったが、生まれて一番の美味《おい》しさだった。

瞬く間に握り飯を平らげた銀次郎に、男は微笑みながら言った。

「心と身体が疲れた時は、まず飯だ。どうにもならねえと思った時こそ、飯を食う。うまいもんで腹いっぱいになれば、道も開ける」

「それって、もしかして」

お鈴に銀次郎はうなずいた。

銀次郎は握り飯を食べながらぼろぼろ泣いた。

誰かにこんなに優しくされたのははじめてだったからだ。

金を貰ったり、よくしてもらったことはたくさんある。

しかし、無償で誰かの優しさに触れたことがあっただろうか。

ちっぽけな握り飯は、こんなにも人の心をあったかく満たしてくれるものだったのか。

いや、自分はこの温かさを知っていたはずだ。

自分の太い指を握る小さな小さな手。笑い声。差し出された握り飯。忘れていた記憶があぶくのように浮かぶ。

ああ、と思わず呻《うめ》く。

遠い遠い昔に、自分は捨ててきてしまったのだ。妻や娘と共に。

家族を大切にできずに、何が筋を通した親分だ。

この孤独は、自分の行いが返ってきただけではないか。

それは自分の罪だ。

だから死ぬことはやめた。これからの残りの人生は、少しでも誰かのために生きよう。誰かに温かさを届けてやろう。

回復した銀次郎はその店を辞した。そして、みと屋を開くことを決めたのだった。

「親分に娘さんがいたなんてねえ。色々腑に落ちたわあ」

弥七がお鈴の顔を見て、しみじみと言った。

「あたしが銀次郎さんに助けてもらった時に食べさせてもらったのは、茶飯だったんですね」

銀次郎は照れ臭そうに「ふん」と鼻を鳴らし、「見よう見まねで作っただけだ」とぶっきらぼうに言う。

「親分、あれ醤油《しょうゆ》と間違えてたんじゃない。凄くしょっぱそうだったもの」

茶化す弥七を蹴り飛ばした。

お鈴は背筋を伸ばして銀次郎に向き合う。

「千住のあたりですね。お願いです。おとっつあんがいた店を教えてもらえないでしょうか」

お鈴の目を見て、銀次郎は深いため息をついた。

しばらく黙っていたが、やがて「知らねえ」と小さく言う。

「本当に、知らねえんだ」

銀次郎はみと屋を開いた後、自分を助けてくれた男に礼をしようとした。

しかし、再びその店を訪れた時には、男は店を辞めて姿を消していたのだという。

店主曰《いわ》く、各地の料理屋を渡り歩いている男だったそうで、腕がいいので半月ほど助っ人で雇っていたらしい。素性も知れず、どこへ行ったのかも知らないそうだ。そこからの足取りは杳《よう》として分からない。

「じゃあ、おとっつあんの居場所は、本当に分からないんですか」

銀次郎は無言でうなずく。

「おめえの親父さんは、おめえ達を守るために行方をくらましたんだ」

お鈴は顔を上げた。

「どういうことですか」

男が消えた後も、銀次郎は全力で男の身元を調べた。なんとか礼をしたかったからだ。

その中で耳に入ってきた、ある噂《うわさ》がある。

とある北国の藩の屋敷で、抜群の腕を持つ賄方《まかないかた》がいた。

殿様の食事だけでなく、饗応《きょうおう》の膳《ぜん》も一手に引き受けていたという。

ある日、賄方は密命を受けた。

――客人の食事に毒を混ぜろ。

色んな事情があっただろう。政治的な意味合いのある指示だったのかもしれない。

しかし、その賄方はどうしてもその密命を受けられなかった。

そうして、行方をくらました。

藩でも名高い美人の妻と共に。

「分かったのはそこまでだ」

「おとっつあんは、藩の賄方《まかないかた》だった」

「親父さんが行方をくらましたのは、追っ手が近づいたという報を受けたからだ。自分のそばにいれば、家族が巻き込まれて傷つけられるかもしれない。だから、おめえの親父さんは姿を消したんだろう」

「じゃあ、おとっつあんが消える少し前に店にやってきたお武家様は」

「親父さんの危険を告げにきたんだろうな」

「そんな」

おとっつあんが藩の賄方で、追われている。

思ってても見なかったことで頭が追い付かないが、心のどこかで納得したところがある。

ぴんと張った背中。町の料理人にしては、各地の料理に詳しいこと。長屋の人より言葉が固いこと。そして、過去を語ろうとしなかったこと。

それらが腑に落ちた。

あたし達を守るために姿をくらませたおとっつあん。無事なのだろうか。元気にしているのだろうか。

　顔を曇らせるお鈴に、銀次郎が言う。

「黙ってたのは、親父さんが隠してたことを俺が口にするべきじゃねえと思ったからだ」

「そうだったんですか」

「親父ってのはな、みんな馬鹿なやろうなんだ。その」

　銀次郎は顔を背けて、つぶやく。

「すまねえ」

　その不器用な気遣いにやっと気づいて、目がしらが熱くなった。

「でもな、俺のところにも、おめえの親父さんが捕まえられたって報は入ってきてねえ」

　銀次郎は微笑んでいた。

「だから、安心するんだな」

　胸がいっぱいになり、涙が浮かぶ。それらをぐっとこらえて、お鈴は深くうなずいた。

「もしかして、親分は最初からお鈴ちゃんがそのお方のお嬢ちゃんだって知ってたの」

弥七が両手を頭の後ろで組み、声をかけた。

「まあ、最初は定かじゃなかったがな」

「あ、そうなんだ」と言い、にやりと笑った。

「お鈴ちゃんをみと屋に雇ったのって、もしかして心配して。んもう、優しいんだから」

「うるせえ、ばかやろう」

銀次郎が弥七を蹴り飛ばそうとし、弥七が逃げ惑う。

みと屋にいつもどおりの笑い声が戻り、お鈴は涙を浮かべながら笑った。

「俺の知ってることはこれが全部だ。無理してこの店にいなくてもいい。店を辞めて、親父さんを捜したいならそれでも構わねえ」

銀次郎が言い、弥七が心配そうにこちらを見る。

「それで、おめえはどうすんだ」

さて、どうしようか。

強面《こわもて》の親分と凄腕の殺し屋が営《いとな》み、まったく客の来ない奇妙な料理屋。

迷う理由などあるはずがない――

終

お鈴はぬか床から茄子《なす》を引っ張り出した。

ずいぶんといい具合に漬かっている。

今日はこれを付け合わせにしよう。

魚は鯖《さば》で、味噌汁は豆腐だ。

近所の棒手振《ぼてふり》も、慣れてきたのか店の近くまで来てくれるようになった。おかげで新鮮な魚や青菜が手に入りやすくなって助かる。

——もっとも、客はいっこうに来ないのだが。

苦笑しながら店内を見る。

床几《しょうぎ》に腰かけて草紙を読んでいるのは弥七。

銀次郎は定位置の小上がりで胡坐《あぐら》を組んで、煙管《キセル》をすぱすぱやっている。

そもそも貴重な小上がりを常に占拠しているのはどうなのだ。

文句の一つも言ってやりたいが、まだそれを言う度胸はない。

おとっつあんの行方はまだ分からない。

それでも、知ったことはたくさんあった。

きっと手がかりがもっと見つかるはずだし、必ずまた会えると信じている。

そしてその日まで、みと屋で働こうとお鈴は心に決めていた。

とっても恐くて、元やくざだけど、誰よりも優しい店主が営《いとな》むこの店で。

看板障子《かんばんしょうじ》がからりと開いた。

暖簾《のれん》がふわりと舞う。

さあ、今日こそ客が来たのだろうか。

銀次郎が「おう、客かい」とぶっきらぼうに声をかけ、お鈴は苦笑しながら厨房を出た。

参考文献

「江戸料理読本」松下幸子著　ちくま学芸文庫

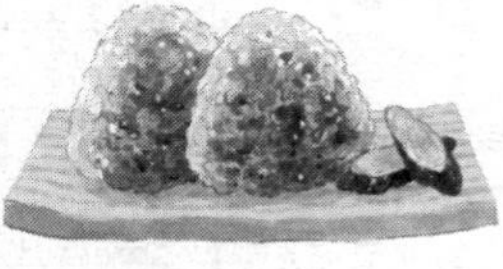

由緒正しき大名家・鵜森藩の一人娘でありながら、剣の腕が立つお転婆姫・美弥。そして、その懐にいるのは射干玉色の黒猫、玉。とある夜、美弥は玉を腕に抱き、許婚との結婚を憂い溜息をついていた。とうに覚悟は出来ている。ただ、自らの剣術がどこまで通用するのか試してみたい。あわよくば恋とやらもしてみたい。そんな思惑を胸に男装姿で町に飛び出した美弥は、ひょんなことから二人の男——若瀬と律に出会う。どうやら彼らは、美弥の許婚である椿前藩の跡継ぎと関わりがあるようで——？

◎定価：737円（10%税込み）　◎ISBN978-4-434-29420-4

◉illustration:Minoru

深川の花街、大黒で行き倒れていたとある醜女。妓楼たつみ屋に住む絵師の歌に拾われた彼女は、「猿」と名付けられ、見世の料理番になる。元々厨房を任されていた男に、髪結、化粧師、門番、遣手婆……この大黒にかかわる人々は皆、何かしらの事情を抱えている。もちろん歌も、猿も。そんな花街は、猿がやってきたことをきっかけに、少しずつ、しかし確かに変わっていく——

◎定価：737円（10％税込）　◎ISBN978-4-434-28003-0　◎Illustration：alma

鵜狩三善
うかりみつよし
居残り方治、憂き世笛
いのこりほうじうきよぶえ
笛は笛でも楽《がく》に非ず、
必殺の剣なり。
とある藩の遊郭、篠田屋には遊興費を払えずに居残りとして住み込み働きをする浪人がいる。その男、方治《ほうじ》は来歴不明ながら笛の巧みさや腕が立つことを買われ、見世の名物となっていた。そんな彼はある日、他藩の武士に追われている男装の少女を救う。彼女――菖蒲《あやめ》は藩を裏で牛耳る大悪党を打倒しようとする一族の娘で、篠田屋の楼主を頼ろうとしていたのだった。楼主から娘を任された方治は、彼女を狙う外道達と死闘を繰り広げることとなり――
◎定価：737円（10%税込）　◎ISBN978-4-434-25732-2
◎Illustration：永井秀樹

時は文久《ぶんきゅう》二年。旅籠《はたご》「つばくろ屋」の跡取りとして生まれた高弥《たかや》は、生家を出て力試しをしたいと考えていた。母である佐久《さく》の後押しもあり、伝手を頼りに東《とう》海《かい》道《どう》品川《しながわ》宿《しゅく》の旅籠で修業を積むことになったのだが、道中、請状を失くし、道にも迷ってしまう。そして どうにか辿り着いた修業先の「あやめ屋」は、薄汚れた活気のない宿で――
美味しい料理と真心尽くしのもてなしが、人の心を変えていく。さびれたお宿の立て直し奮闘記。

◎定価：737円（10％税込）　◎ISBN978-4-434-26042-1　●illustration:ゆうこ

吉原にて、雨天に傘を持っていながら「思いを遂げるまでは差さずに濡れていく」……という〈フラれ侍〉が評判をとっていたある日。南町奉行所の定廻《じょうまわ》り同心、黒沼久馬《くろぬまきゅうま》のもとに、雨の夜の連続辻斬りが報告される。
そこで、友人である〈首斬り浅右衛門《あさえもん》〉と調査に乗り出す久馬。
そうして少しずつ明らかになっていく事件の裏には、傘にまつわる悲しい因縁があって——

◎定価：737円（10%税込）　◎ISBN978-4-434-26096-4

●illustration:森豊

この作品に対する皆様のご意見・ご感想をお待ちしております。

おハガキ・お手紙は以下の宛先にお送りください。

【宛先】

〒150-6008 東京都渋谷区恵比寿4-20-3 恵比寿ｶﾞｰﾃﾞﾝﾌﾟﾚｲｽﾀﾜｰ 8F
（株）アルファポリス　書籍感想係

メールフォームでのご意見・ご感想は右のＱＲコードから、
あるいは以下のワードで検索をかけてください。

アルファポリス　書籍の感想　検索

ご感想はこちらから

アルファポリス文庫

料理屋おやぶん　〜ほろほろしょうゆの焼きむすび〜

千川冬（せんかわとう）

2021年 10月 5日初版発行

編　集－黒倉あゆ子
編集長－倉持真理
発行者－梶本雄介
発行所－株式会社アルファポリス
〒150-6008東京都渋谷区恵比寿4-20-3 恵比寿ｶﾞｰﾃﾞﾝﾌﾟﾚｲｽﾀﾜｰ8F
TEL 03-6277-1601（営業） 03-6277-1602（編集）
URL https://www.alphapolis.co.jp/
発売元－株式会社星雲社（共同出版社・流通責任出版社）
〒112-0005 東京都文京区水道1-3-30
TEL 03-3868-3275
装丁イラスト－ゆうこ
装丁デザイン－西村弘美
印刷－株式会社暁印刷

価格はカバーに表示されてあります。

落丁乱丁の場合はアルファポリスまでご連絡ください。

送料は小社負担でお取り替えします。


ISBN978-4-434-29421-1 C0193